カリヨンを聞くふたり

ゆれ動くアラフォーの心

永尾　和子　著

おもな登場人物

美紗……会社の同僚
真希……幼なじみ
「エレン英会話教室」のオーナー
ローラ＆ジム……アメリカの
ホストファミリー
シーラ……真希の友人（カナダ人）
ジョージ……シーラの息子

父
祖父母 —— 母
兄
紀子 —— 三谷

エレン……英会話の講師
祐介……エレンの夫
キャロル……エレンと祐介の子ども

アローン＆ベリー……ブリストルの
ホストファミリー

パオラ……語学学校の友人（イタリア人）
ヒューゴ……パオラの元恋人
ボブ……イギリス観光時のドライバー
小夜子……「エレン英会話」の生徒
シーラ……真希の友人
バンクーバーの高校の音楽教諭

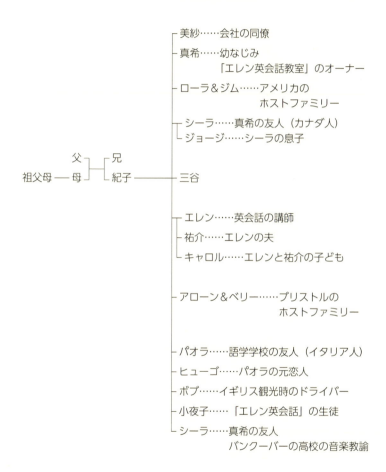

もくじ

紀子の事情

Ring-a-ring o'roses,
A pocket full of posies,
　Atishoo! Atishoo!
We all fall down.

バラの花輪だ　手をつなごうよ
ポケットに　花束さして
　ハックション！　ハックション！
みいんな　ころぼ

紀子はまだよちよち歩きの女の子と、紺の半ズボンをはいた男の子の三人で手をつなぎ、このマザーグースの一曲を歌っている自分の声で目が覚めた。

その子どもたちの顔も、場所も浮かんでこないけれど、紀子は両手に感じた柔らかな小さな手の温もりと、自分のはしゃいだ声の響きが体からはなれないことに戸惑っていた。

昨夜開いてくれた紀子の送別会で、

「聞き納めに、紀ちゃんの「リンガ　リンガ　ロージィズ」歌ってよ。」

と、上司に言われた紀子は、同僚の女子社員二人と手をつなぎ、歌いながら、勢いよく回って、フォールダウンで手をはなし床にころんで笑いこけた。

紀子が英語教材の会社に入って、研修でまず覚えて、時々口ずさむのを同僚はよく知っていた。

歌い終わってほっとした紀子に、真っ赤なバラの花束が用意されていた。

紀子は何度も友人や同僚の結婚式に参加して、華やかで高揚した花嫁を身近に見た。

誰もが夢みる憧れの花嫁と結婚式。

だが紀子には自分がどこか遠くにいる不思議な距離感があった。

たまたまついた仕事も与えられた課題をこなしながら、四十歳まではひたすら平穏な道のりだった。

紀子は四十歳を過ぎたころ、心と体のバランスを意識しはじめた。

そうして、今までと違う自分にいらだちと嫌悪感をもちはじめたのは四十二歳のときだった。

四十三歳の誕生日を迎えるまでに、規則正しく会社に通う自分に区切りをつけたいという考えが、紀子に襲いかかったような一年だった。

会社帰り、紀子は一人高級レストランで何度か食事もした。

それまでの紀子にとっては勇気のいることが、さり気なく自分だけの意志で動けるようになっていた。

その心地よさはどこからきたのだろうと思いながら、十一月、紀子は誰にも相談せず会社に辞表を出した。

まわりは驚いた。

結婚か転職かと上司や同僚からしつこく聞かれたが、

「どちらでもないの。」

紀子は笑顔で応じられた。

「最近、紀子、生き生きしてた。結婚式あげるんだったら、招待してよね！」

紀子と同期に入社した二歳年上の美紗とは長い付き合いだった。

きっと彼女は紀子の突然の退社を不審に思っているかもしれないと、気にはなっていた。開いたパソコンを前に静止している紀子の背後から、「ハイ！」と、両手で肩に触れて通り過ぎていく美紗だったが、彼女から何も聞いてはこなかった。

送別会の終盤、ワインを片手に美紗が紀子の耳元にささやいた。

「紀子の羨ましい決断力に、乾杯！」

紀子は、美紗にこの一年の自分の心の動きを、悟られていたのかもと、とっさには笑顔が返せなかった。

翌朝勢いよくカーテンを開けた紀子は、子どもの時以来の太陽の眩しさに手をかざした。

窓際の昨日もらったバラが、ベランダ越しのカーテンから差し込む朝日に真紅の花びらを鮮やかに透きとおらせ、浮き上がって見える。

平日の午前十一時、紀子の今まで味わったことのない一日のスタートだった。

夏の終わり、ハワイに行ったという友達のキナコーヒーのお土産を思いだし小さな布袋の封を切った。

熱湯を注いでいくと、コーヒーのほろ苦さが部屋中に広がった。

トーストした厚切りの食パンに、バターをぬって、ブルーベリージャムをたっぷりのせた。

久しぶりに、スタジオジブリ作品集をかけてみた。

「カントリロード」をハモリながら、自分の道も必ずどこかに通じてるという安堵感を味わっていた。

紀子は今、自分がどこに通じているかわからない魅力と、必ずどこかに向かっている確かさの合間で試行錯誤しているのだと思った。

午後三時、なぜかゆったりくつろげない紀子は、

「明日の紀子は、いったいどうなってるの？」

独り言を呟きながら鏡の中の自分を覗き込んで笑顔を作ってみた。

買ったばかりの洋服を着て電車に乗った。

いつもと同じ道で、決まった電車なのに、懐かしさと目新しさが紀子をさっそうとさせる。

あちこちお店を覗きながら歩いていると、クリスマスのイルミネーションが輝きはじめた。

「今夜は家でなにか作って食べようかな。」

紀子は、デパートの地下をしばらくぶらぶらしながら、しゃぶしゃぶ用のお肉と野菜を

買った。

電車を降りて紀子のマンションまでは五、六分。夜空を見上げるとお月様が青く輝いている。

母の温もりを感じたくて

紀子は、ゆったりと部屋のソファーに体を埋め、ぼんやりしながら窓からの少し冷たい風を感じていた。

壁に小さな額に入れてさりげなくつるしていた写真が、紀子に語りかけてくる。

和服姿の母に抱かれたその写真は、紀子二歳のころだ。

父が蛇腹の写真機で撮影して、押し入れで現像し、紐につるして乾かしていたという白黒写真が紀子の目にとまる。

彼方に過ぎ去ったけれど、紀子には家族の団欒が聞こえてくる。

紀子ははっきりとした目的があって二十年勤めた仕事を辞めたわけではなかったが、気持ちは意外と軽やかだった。

二年ぶり、空き家になっている福岡の実家に行ってみたくなった。

亡き家族のお墓の前で、つかの間のひと時を過ごしてみたくなった。

帰省途中、ふと、母が入院していた病院を思い出した。

ひなびた木造の小さな駅を出て十分、広がる田んぼの中に、「精神・神経科小橋病院」の看板が見えてきた。

格子戸を両手で握り、紀子を見送っていた母の悲愴な姿が浮かんでくる病院だった。

見上げるほど高い鉄の扉が、「ガシャーン」と重厚な音を響かせて開いた。

紀子は看護師の後をついていった。

左側は小さな中庭になっていて、太陽に照らされた大木の影が仁王立ちの姿で白壁にくっきりと映し出されていた。

緊張気味の紀子は、二か月ぶりにこの病院で母に会うという現実に、胸騒ぎと虚脱感に襲われていた。

看護師が病室のドアーを押し、少しうつむき加減に紀子も続いた。

天井を見上げてベッドに休んでいる母がとっさに紀子の目に飛び込んできた。

紀子は駆け寄って、胸の上で両手を重ねている母に自分の両手をそっと被せた。

母の手の温もりと鼓動がそのまま紀子に伝わってきた。

「こんなことになって、ごめんね。」

母は小さく呟くと、涙が真っ直ぐに乾いた頬を伝わり枕におちていった。

静かな六人部屋に沈黙が続いた。

車椅子を動かして、五十代半ばの体格の良いショートカットの婦人が、紀子に丸椅子を運んできてくれた。

奥のベッドでは、白髪の目鼻立ちのくっきりした女性が、少し背を丸めて座り、しきりに唇をなめていた。

その仕草はずっと続いた。

「私も、ずっとここで薬を飲んでいると、ああいう風になると思うよ。」

母は天井を見上げたまま小声で言った。

それぞれに何かがあってここに入院しているのだろうけれど……。

そして、母は……。

紀子は母の入院を病院からの連絡で知った。

紀子の両親は孫が生まれてから兄家族と同居を始めた。

母は紀子にお見合いの話を何件か伝えてきたが、兄家族との生活のようすは全く話してこなかった。

「母は後継ぎもできて、幸せの絶頂だったはずなのに……」

紀子は立ち止まって遠巻きに病院を眺めながら、初めて訪れた時のあの張りつめた病室を思いだしていた。

紀子は母の目が自分を病棟のどこからか、探しているような錯覚に襲われた。

(お母さん、何も力になってあげられなくて、ごめんね。)

どうしてあの時、母の手を握り返しながら、この言葉を母にかけてあげられなかったのだろう……。

紀子は駅へ戻りながら、もう一度病院を振り返り悔やんだ。

涙が止まらなかった。

電車に乗って一時間、山裾の朽ち果てた実家に着いた。

お墓や家の管理をしてくれている近所に住む従妹が来てくれた。

紀子は最期に母と一晩を過ごした畳の部屋にあがってみた。

父が母のために増築した小部屋には、本棚と裏山の大きな木の株を輪切りにして作ったテーブルがそのままあった。

母は一週間の検査の結果、解放病棟に移ることができた。

駅前の店に買い物に行ったり、病院では看護師さんについて患者さんからの体温計の回収の手伝いもしていると紀子は電話で聞いてほっとしていた。

母と会ってから一か月後、どうしても家に帰ってみたいということで、紀子は仕事を休み、実家で母と一晩を過ごした。

豆電球のなかで、母はなかなか眠りにつかなかった。

紀子は母と手を繋いだ。

母の目がギラギラしていた。

「死にたい！

ここで、死ねたらいいけど……。……でも、紀子は一生苦しむね。

ごめんね。」

母は寝返りを何度も繰り返し、起き上がっては胸を押さえ、息苦しそうにギラギラした目で天井を仰いでいた。

紀子は一瞬、涙で母の目が光っているのかとも思った。

母の命への執念の涙だったのか……。

暗闇の中で、紀子は母の息遣いに押しつぶされそうだった。

紀子は息を殺して、目を見開いて、母の一挙一動に集中した。

時に母は、紀子の存在を忘れているかのように苦しさから逃れようともがいていた。

カーテン越しに東の空が白んできた。

紀子は急いでカーテンを開け、田んぼの向こうに見える従妹の家の明かりを待った。

（お母さん、ごめんね。）

母と二人だけの長い夜だったのに、またしても紀子は、この言葉をかけてあげなかった。

紀子は感情を素直に言葉にできない自分を振り返り後悔しきれない気がした。

それから一週間後の日曜日の午後、母は病院にお客さんを乗せてきたタクシーで自分の家に帰った。

紀子が母の死を知ったのはその日の夕方六時だった。

家の後継ぎだった自慢の兄を事故で亡くし、孫息子と別れ、そして父を看取って……。

これらの全てが、わずか二年間の出来事として、母に襲いかかった。


虚弱体質で生まれてきた紀子への母の願いは一つ、「命を繋ぐ」だった。

母の願いはひたすら、怖いくらいに一途だったと、紀子は小さな事件をあれこれ思いだす。

紀子は、たまにしか行けない学校へ行くために必死だった。

紀子は脇にはさんだ体温計をずらせてでも、学校へ行きたかった。

だが、母の目をごまかすことは一度もできなかった。母も紀子の命に必死に向き合っていたのだ。

紀子は、家族を失ってからはじめて、母の「家族」に対する執念の、自分もその一かけらだったのかと、家族という絆を痛感する。

「ほう、そうか。」

一日の出来事をあれこれと話す母に、父は毎晩この言葉で頷いていた。

紀子は両親に叱られた覚えがないけれど、父は兄には厳しかった。

従妹が言った。

「この家に入ると、叔母さんがすーっと出てきそうね。」

黒電話のそばに、マジックで紀ちゃんの電話番号を書いた紙があったのが、昨日のことのように思いだすよね。」

その日、紀子は真希との約束があり、三時くらいに出かけた。

鍵をかけ終わった瞬間に、部屋の中から電話の音を感じた気がずっとしている。

（あの時、母と話すことが出来ていたら……）

ふと押し寄せてくるこの思いから、逃れようとしている自分がいることを、紀子は消し去ることができなかった。

「お母さん、ごめんなさい。」

紀子は電話のおいてあった場所にそっと手をおいた。

紀子に、母から聞いた祖母の最期が浮かんできた。

「蓮華の花がきれいだねえ。」

と、九十三歳の祖母はか細い声で母に話しかけ、両手をかすかに動かしながら花を摘む仕草をして息を引き取った。

紀子は祖父母の家でアルバムを見ながら、祖母の話を聞くのが何より楽しかった。

「おばあちゃんとおじいちゃんの住んでいたアメリカに行ってみたい！」

紀子が小学生のころ赤い色紙《いろがみ》の短冊に書いて結びつけた願いは、高校生の時、父の知人を通して実現したのだった。

ホームステイの思い出

「あの月を君が日本で見上げるとき、僕はここでその月を想っているよ。」

二十年近く思いだすことのなかった、ジムのこの言葉が、夜空の風にのってきたかのように紀子に届いてきた。

高校二年の夏休み、紀子はペンシルバニア州パーカイズに一か月のホームステイを体験した。

ホストファミリーのジムは、リタイアの後は食事を作る以外の家事全般を引き受けていた。

妻のローラは自宅から車で四十分、ハドソン川を渡りニュージャージー州にある、盲導犬の学校の副校長をしていた。

犬の大好きな紀子は、ローラの運転する車に乗ってほとんど毎日学校について行った。

その学校では、八月の上旬には毎年大きなイベントがあり、アメリカ全州から盲導犬に関わっている人たちが集まってくる。

紀子はローラにくっついて、会場の案内図を作ったり、チラシを折ったり、時には近くのレストランでのミーティングに加わっていた。

聴き取れない英語の輪の中でも、生き生きとしていた自分を懐かしく思いだす。

家には、指示を出したり、しつけをしてはいけない、ただ愛情を注ぐためだけに預かっている生後三か月から八か月のパピー五匹が部屋のなかで戯れている。

家族が夕食をすませ、ローラが、家事を終えてリビングの大きなソファーに深々と腰を下ろすと、五匹のパピーがしっぽをふって、ローラを取り囲む。

一番小さいコナーが、ローラの膝目がけてまっしぐらに飛び込む。

しっぽをふりながら、くる、くる回りながら手をなめたりしている。

「ぼく、今日もちゃんと、お留守番できたよ。おりこうでしょ。」

コナーは、時にローラの目を見上げながら、ちょっともじっとしていられないくらい嬉しくてたまらないようだ。

ローラは、コナーの頭や背中をなでながらしきりと名前を呼びかけている。

「シャル！」

ローラが呼ぶと、コナーは仲間のなかに勢いよくもどっていく。

シャルはなかなかのいたずらっ子のようで、ローラのスリッパを口にくわえては走りまわる。

おもちゃ箱から、一番大きなぬいぐるみのベアーを口にくわえ、ローラの前まで引きずってくる。

一番力持ちであることの、シャルのアピールかなと、紀子は思った。

シャルの表現している動きそのものが言葉であり、言葉を介さないストレートさが、紀子には羨ましくさえ思えた。

クーはローラのころがすボールを素早い速さでくわえてくる。

「ほらローラ、ぼく、すごいでしょ！」

ローラと遊べる喜びを、どのように表現していいのかわからないクーは、キラキラした目でローラを見上げながら、体が飛び跳ねている。

モナはローラの膝の中で気持ち良さそうに眠ったふりをしている。

最後にかなり大きな一番年上のジョーが、ローラの前に座った。

ローラは、「グッボーイ！」と何回も言いながら、ジョーをなでた。

ローラがボールをたかーく投げると、落ちるまで目で追っている。

ジョーは盲導犬には向かないので、自分のところで飼う予定だと、紀子はローラから聞いていた。

紀子のステイ先の部屋は中二階にあった。

ローラとジムが寝室に向かうとき、五匹のラブラドールレトリバーがいっせいに二人を追っていくので、その階段は豪快にリズミカルに揺れるのだった。

彼らの寝室の大きな二つのベッドを守るように、五匹がはべって睡眠につくようだ。

朝六時になると、五匹が、ザザーッと階段を駆け下りていく。すさまじい音と光景だ。

その後を、ゆっくりと、ジムが下りていく。

六時半になると、ローラが台所に立つので、紀子は見計らって、朝食の支度を手伝う。

朝夕は五匹の犬と小さな森のような庭での散歩が日課だった。

その夢のような情景は、なにかにつけて今でも紀子を勇気づけてくれている。

五匹のパピーと戯れた森のように広い庭から見上げた、透き通るような青い満月が、紀子に未知の物語を連想させてくれた。

ローラとジムのように向かい合って長い時間を過ごしている夫婦生活は、当時の紀子には新鮮であり、不思議でもあった。

ローラは自分の意見をはっきりと言い、豪快に笑ったと思えば、急に厳しい目つきで相手を見つめることがある。

紀子は、ローラに対してはとくに、中途半端な納得や態度をとらないように、何時となく、気を張っている自分を意識するようになっていた。

ローラが、人目をはばからずジムに、自分の感情をぶつけているのを、紀子は息を殺すように聞き耳をたてていたこともあった。

そんなローラを前にしてもジムの態度はいつも変わらずにこやかに頷いているのだった。

どうしてジムはそんなにいつも平常心でいられたのか、紀子はなぜか今になって鮮明に夫婦である二人が思いだされてしょうがない時がある。

「ジム、あなたも幸せなの？」

紀子は月に向かって呟いてみた。

ジムは大きく頷いて、にっこりと、

「もちろん！」

と、微笑みをもって言うかもしれないけど、透き通った目で黙って空を見上げるだけかもしれない。

同僚、美紗

美紗は大学の先輩と結婚した。

紀子は美紗から、憧れの先輩だったと聞いていた。

美紗の家には何度か遊びに行ったが、そのたびに、さすが美紗が見極めたパートナーだなと、紀子は羨ましく思った。

子育てと家事と仕事に輝いていたころの美紗とは、職場以外のところで話す機会はほとんどなかった。

ある日の昼休み、美紗がにこにこした顔で、

「紀子、今日、予定、入ってる？

……フリーだったら、実家の両親が来てくれてるから、久しぶりに、紀子と美味しいものでも食べたいなと思って。」

それは美紗の独身時代のお誘いのようだった。

その夜、レストランで椅子に座ると、

「私、離婚したの。」

思いがけない美紗の言葉に紀子は、「えっ？　どうして？」と、心のなかでは言葉が飛び交っているのに、見開いた目で美紗と目を合わすのが精一杯だった。

美紗はなおさら目を大きく見開いて、にこっと笑顔を見せた。

その時の美紗の右頬のえくぼのくぼみが、紀子の印象に残った。

「理紗も龍も、紀子を、ほんとのおばさんのように慕っているから、これからも忘れないでね。」

さばさばした美紗の口調は、入社したての彼女とは結びつかない強さを紀子に感じさせた。

まだ小学校入学前の美紗の二人の子どもを思いながら、紀子は自分の心ががくんとなるのを感じた。

急に涙が出そうになったのを、美紗に見られたくなかった。

「子どもの英語教育、紀子どう思う？」

紀子は美紗の切り替えの早さにまごついた。

素敵なパートナーに巡り合えば、幸せな家庭を築き、仕事も両立できる。美紗は紀子のお手本でもあった。

「言葉が育っていく過程を考えるとき、そのやり方を断定するのは難しいわ……。」

紀子は美紗の話題にのろうとしながらも、美紗を知った時からを、自分なりに振り返ろうとしている自分を払いのけることができなかった。

「ごめん、紀子……」

紀子は、はっとして我に返った。

(苦しんだのは、美紗なのに、なんて態度を見せてしまったのだろう。)

美紗は続けて言った。

「お互いの長所と思っていたことまでもが、いつのまにか、お互いの負担になっていたのかな……。

彼は優しいし、仕事にも情熱をもってやってるわ。

家庭って、ほんとに限りない課題がふってくるの。

まずは子どものこと、仕事、家事と、その都度、お互いの実家のことまで絡んできたりして、本気の部分でぶつかって、そんな自分が当たり前になって、嫌気がさしてくる……自分も相手も。

ささやかな幸せが見えなくなってしまうのかなあ……、なんだろう?……

そんな積み重ねが氷のつららみたいになって、お日様がちょっと顔を出してくれただけなのに、ばさっと崩れるのね。」

「えっ？」

紀子は小さく呟いて首をかしげた。

「紀子だから、こんなことが言えるのかも？

彼は私の変化に気が付き始めて、彼なりの努力も感じてたの。

……何事も素直に受け止められていた自分が懐かしい気がするけど、ね。」

美紗はワイングラスを持って、二、三度軽く回して、グイと飲んだ。

「私には、今の仕事がとても面白いし、入社当時の私からは考えられない自分を不思議に思うことさえあるわ。」

（だったら、どうして？　欲張りすぎよ！）

紀子は美紗を伺いながらも、言葉には出せなかった。

紀子は自分に仕切り直しをして、美紗を覗き込むように言った。

「理紗ちゃん、龍くん、なにか、英語教育してるの？」

「ううん。今まで読んであげていた絵本の英語版を見つけたときは、私のつたない発音で読んだり、うちの会社の英語教材の歌を一緒に聞いたり歌ったりかな。

毎日が戦場のようなものよ、子どものいる暮らしは。

そんな日々の積み重ねで母国語をマスターしていくのだから、無理は禁物よね。

自分の子どもって、近すぎて深すぎて思い込みが強すぎるのね。

あれこれやらせて大事なことは見逃してしまうのではないかと、ふとものすごく不安になったりするの。

自然に身につくのがいいと言っても、その自然って、それぞれの国の言葉がありながらも、陸続きのヨーロッパとは違うでしょ。

ある時期、英語圏に入れてしまうと言う人もいるけど、表現する言語以前の、その子の心の発達が気になったり……。

言葉って、流動的だし、対、人間だもの。

子どもといると、思いがけないことだらけ。

子どもってまっしぐらなのね……。

興味を引いたら、私の手をすごい力と素早い速さで、あっという間に振り切って道路を横切ったりするのよ。

欲しいおもちゃを買ってあげなかったりすると、お店の前で寝転んで泣き叫んだり。

これ以上ないくらい怖い顔で怒鳴ったり、気を失いそうになったり、親であってもとっさのときは支離滅裂状態の私なの。

教えることよりも、生きていく体験に向き合うほうが、何倍も難しいことを痛感させられるわ。

親は忘れていても、一度子どもの心を揺さぶったものって、要所要所でズバッと蘇ってくるのには、怖ささえ感じることもあるわ。

発育盛りの興味、気力、感情、そんなバランスみたいなことが……わが子を見ていても気になるの。」

ワインも回り、美紗の熱弁を紀子は複雑な思いにかられながら聞いていた。

あまりにも違うものを背負いすぎた二人が一つの家庭を築いていくということは、真剣であっても難しく、諦めれば壊れてしまう。

気を許した最愛の相手もいつからか真逆になることもある。

美紗の結婚生活を垣間見てきただけに、紀子はかける言葉を失うくらいひたすら聞いているしかなかった。

あのころから十年、美紗のたくましい生き方は、紀子のあまりに変化のない人生の扉の一か所を、突き破った。

お月様の中の祖母

紀子は今の自分が何を望み、何ができるか、考えていた。

入学、卒業、就職と紀子の人生の節目に目の前に到着した乗り物に飛び乗ったのは自分、だけどなぜか、ここ数年心騒ぐ自分がいた。

「巻き戻せる自分はどの辺だろう?

巻き戻す必要はないとも思いたい。」

紀子は、マンションの八階のベランダから夜空を見上げながら、日々丸くなっていくお月様に問いかけてみた。

「明日は満月ですか?」

紀子はふと、そのお月様のなかに、ロングドレスに広いつばの帽子をかぶっておしゃれな椅子にかけている祖母を見た。

紀子は急いで部屋のパネルにはってある、大好きな祖父母の色あせた小さな写真をもって、また窓越しにお月様をさがした。

アメリカのロスアンゼルスで十年近く暮らしていたという、明治生まれの祖母から、紀子はまだ幼児の頃に帽子が「hat」であり、服が「dress」であることの面白さを知った。

祖父母の家は山奥の谷間にあった。

広い敷地には二軒の家があり、大きな瓦葺きの二階家には叔父の家族が住んでいた。平屋建ての祖父母の家は村の人たちから、隠居やと呼ばれていた。

庭の奥には、二メートルくらいの立像や、座って手を合わせている六体の観音像が祭られていた。

村人たちが、決まった時期にお掃除をするらしく、紀子は木製のそのつるつるした美しい観音様の表情をふと思いだすことがある。

どうして、あの山奥に、あの白壁の蔵に、六体もの観音像があったのか、紀子は、今になってとても気になる自分が不思議にも思える。

お盆には、庭いっぱいに提灯がぶら下がり、綿菓子、水風船などのお店もいくつか出ていた。

里帰りした家族も集まり、観音様にお参りして、遅くまでうちわをもって、歌って踊って、その大きな輪は夜遅くまで続いた。

祖母はなにもわからないまま、祖父についてアメリカに渡って行ったと聞いたことがある。

船の長旅は、吐いて寝転んでばかりの祖母だったらしい。

新しい土地で、祖父はイチゴ栽培や建築業などいろんな事業に意欲的に取り組んだようだ。

背広姿にネクタイと凛々しい祖父、小柄で可憐な洋風のかおりを漂わせる祖母、二人の歴史を思うとき、紀子はまた、お月様を仰いだ。

遠いある日の二人の会話を、お月様の輝きで夜風に響かせて、どうか、ここまで届けてほしいと、紀子は祖父母の写真を胸に抱いた。

祖父母を思い浮かべるとき、必ずその奥には母がいた。

お月様の中の祖母にさえ、どこか躊躇する自分を感じながらも、

「おばあちゃん、お母さんを助けてあげられなくて、ごめんなさい。」

紀子は時々雲に隠れたりするお月様を追いかけながら言葉にだして言った。

三谷との再会

紀子は、二十年前の書類をさがし始めた。

商社に就職の決まっていた真希は、大学四年生の夏休み、イギリスに一年間留学すると言い出した。

紀子は留学のパンフレットを渡され誘われたが、その時は、すごいとも羨ましいとも思わなかった。

だが、紀子はそのパンフレットを未だに持っていた。

真希に電話してみようかと思いながらも、紀子はちょっと躊躇した。

紀子のことを一番よく知っている、小学生以来の親友の真希だが、もう少し自分を整理してからと考えた。

さっそく紀子はインターネットでその語学学校を調べてみた。

イギリス南部ブリストルにあり、いくつかの民家が教室になっている。

ホームステイをしながら月曜日から金曜日まで、毎日五時間のクラスがある。目的や到達度によって二十クラスに分かれていた。

インターネットの映像は、イギリスの古い港町ブリストルの美しい町並みのなかに、オレンジ色の屋根に白壁の立派な建物の語学学校が表示されていた。

紀子は急いで外出の用意をして、デパート七階の本屋へ向かった。

エレベーターを下りて、右に行けばレストラン街、左側を、真っ直ぐしばらく歩いていくと、突き当りに紀子がよく行く本屋さんがある。

日曜日の今日は親子連れで児童書のあたりはにぎやかだが、紀子は平日の仕事帰りにひっそりとしたその場所でいろんな絵本を読んでいた。

それは心落ち着く、大切な時間だった。

紀子は親子の会話に肩をすくめながら、そっとその場を通り過ぎた。

真希に電話する前に、紀子はなぜか、なにか、自分にこだわりを持ちたかった。

そしてイギリス、ヨーロッパに関する二冊の本を買った。

十人くらいの客が並んでいたがレジは三か所あり、紀子は袋に入れてもらった本を小さくふりながら本屋を出た。

と、紀子は男性に呼び止められた。

「大変失礼と思いますが、のり・こ・さん、でしょうか？」

紀子は目を見開いた。

「あっ！」

紀子は、声こそださなかったが、とっさにニュルンベルクが浮かんできた。

その人の名前はあの時聞いていたが思いだせない。

その男性は、

「三谷です。もう、あれから、十年以上たちますね。

ぼく、後ろのほうでぼんやり並んでいたのですが、あなたが、三番のレジに行くとき、お顔が見えまして、まさかと思いながらも、失礼ですが、お声をかけてしまいました。」

「とりあえず、三度目の再会ですね。」

紀子は微笑みながら、三谷を見上げた。

真希の独身最後を祝して、紀子がドイツへの旅を誘い、同行した時のことだった。

真希のお目当ては、十二世紀に着工されたという、ローマ皇帝の城の六十メートルの深さの井戸、塔上から眺めるニュルンベルクの町、そして、夜のクリスマスマーケットだった。

真希はイギリス留学を終える時、ドイツのクリスマスマーケット巡りをするのを楽しみにしていた。

出発予定前夜、高熱をだして寝込んでしまい行けなかったことが真希の心に残り、ニュルンベルクはクリスマスの時期になると必ず悔しい思い出として蘇るようだった。

そんな話を真希から何度か聞いていたこともある紀子は、仕事をやりくりして「ドイツクリスマスマーケット巡り」の旅が実現したのだった。

「カイザーブルク城の入り口はこちらですか?」

真希が突然尋ねた人が、なだらかな坂道の階段をかなり上ったところで出会った三谷だった。

三谷は若いドイツ人の男性と一緒だった。

「そうですよ。もうすぐ四時だ。急いだほうがいいですよ。」

そしてその夜、色とりどりのオーナメントに埋め尽くされ、たくさんの人で賑わうニュルンベルクの中央広場に埋もれて紀子と真希は食べてしゃべって笑った。

「紀子、楽しすぎるよ。

怖いよ。あのワインでも飲まない?」

紀子には真希の言葉の意味がよくわからなかったが、二人は店先にずらりと並んだカップを選んでワインを注いでもらった。

「熱い！　強い！　美味しい！

グリューワインにかんぱい！」

真希は手袋の手でワイングラスをかざして叫び、口にした。

紀子もちょっと口に入れてみたが、熱くて喉が焼けるような感じがした。

紀子はバームクーヘンを作っている店を覗きたいと真希を誘った。

リズミカルに回転しながらバームクーヘンが美味しそうに出来上がっていく、その店先のベンチが空いたのを見つけて、真希がすべり込んだ。

二人でワイン片手にバームクーヘンを食べながら、道行くいろんな国の人たちを眺めているときだった。

紀子は三谷と目が合った。

「また、お会いしましたね。」

同伴のドイツ人がきれいな日本語で話しかけてきた。

あのニュルンベルクで出会った三谷との一時間ほどが、紀子の頭に急速に巻き戻ってきた。

仕事帰りなのか、背広姿にコートと紙袋を腕にかかえた三谷は、ニュルンベルクで会ったときよりもかなり年上に感じた。

三谷はちょっと姿勢を正すようにして、紀子の目を見ながら言った。

「時間ありますか？

よろしければ、今からコーヒーでもいかがですか？」

紀子は三谷とデパートの四階にあるカフェに入った。

真希の顔が浮かんできた。


ニュルンベルクのクリスマスマーケットで出会ったとき、名前と出身地を告げた三谷に、すかさず、

「私の名前は、まき、と言います。」

と、真希はかるく頭を下げてから、紀子を促した。

真希の用心深さを感じながら、紀子は真希にならって自分の名前だけを言ってから、三谷に聞いてみた。

「このワイン、もう飲まれましたか？」

にぎやかで華やかなクリスマス広場の雰囲気とワインに、紀子と真希は少し酔っていた。

紀子はそれまで全く思いだしたことのない三谷だったが、こうして会えば鮮明に楽しかったその時が浮かんでくる親近感に戸惑うくらいだった。

紀子は三谷と向かい合せに座った。

「お子さんたちは、お土産、喜ばれたでしょ。」

三谷は思いがけない紀子の言葉にびっくりしたようだった。

「ああ、あれは、こちらの一方的な押しつけでした。」

三谷は苦笑いをした。

押しつけという三谷の言葉に、紀子は一瞬引っかかったが、そんな自分を消すようにかるく会釈で三谷を見た。

三谷は少し間をおいて、言った。

「結婚後、妻の提案でドイツに旅行したとき、あのおもちゃ博物館には行ったことがあるんです。

木のおもちゃとか、絵本が好きで、子どもができたら一緒に楽しみたかったようです。

すみません、こんな話になって……。

ずっと、英語関係のお仕事を?」

「それは、真希のほうです。」

「あっ、失礼しました。」

三谷はちょっと大げさに頭を下げた。

三谷からでた、奥さんと子どもの話が頭にやきついているのに、紀子は饒舌になっていく自分が止められなかった。

「私、一年くらい人生を休養したくて、会社を辞めたとこなんです。何しようかな？　イギリスに留学しようかな？　なんて、いい加減な生き方でしょ？」

「羨ましいですね。いいですね！」

紀子は三谷に先ほどまでとは違った柔らかさを感じた。

二人はカフェを出た。

「楽しかったです。

今度お食事でもできるときがありましたら声かけてください。」

別れ際、三谷は名刺に家の電話番号を書いて紀子に渡した。

三谷の仕事が外資系の製薬会社で、時々ヨーロッパには行くというのは聞いたが、家の電話番号をさり気なく渡す三谷が紀子の謎になってきた。

三谷との会話を思い返しながら、気が付けば紀子は自宅の玄関前だった。

真希の事情

玄関の鍵を開けると、電話が鳴っていた。

「紀子、お休みの日にごめんなさい！」

なんと、真希からだった。

「何かあったの？」

紀子がとっさに聞いた。

何度も真希を意識していた自分だったが、紀子の気持ちは落ち着いていた。

電車で一時間くらいの所に住んでいる真希とは、年に一～二回は会っていた紀子だったが、昨年は会わずじまいだった。

「紀子、お願いがあるの。

年末で忙しいかなとも思ったけれど、『ドイツクリスマスマーケット巡り六日間』に久しぶりにまた行かない？」

なぜそれが真希の紀子へのお願いなのか、紀子は受話器を耳に真希の言葉を待った。

「紀子、忙しくって、そんな気持ちにならないわよね。ごめん！」

我に返ったかのように、真希の声が低くゆっくりになった。

「いいわよ。行ってみたいわ！」

紀子は明るくしっかりと真希に伝えた。

「えっ？　よく考えてからでいいのよ。」

紀子は真希の言葉にかぶせるように、

「ほんとよ。明日か明後日でも、ランチできる？」

紀子は、自分の今を、電話で真希に話す気にはならなかった。

びっくりした様子の真希を電話の向こうに感じながら、明後日のランチの約束をして、
紀子はクッションを抱いてソファーに飛び込んだ。

「誰が私をあやつっているの？」

と、紀子は自身に聞いてみたくなる気分だった。

一年ぶりに会った真希は、紀子に駆け寄ってきた。

「ほんとにごめんなさい。お仕事、休ませてしまって。」

「大丈夫。仕事を辞めたとこだったの。」

笑顔で答える紀子に、真希はレストランの入り口で立ち止まってしまった。

平日の十一時ということもあってか、他にお客はいなかった。

「真希こそ、なにがあったの？」

「紀子、何かが違うわ。」

二人はお互いが気になって、なかなか自分の話を切り出さなかったが、

「私のほうが、単純かな……」

と、真希が話し始めた。

真希の母親が、ドイツのクリスマスマーケット巡りが夢と言っていたので、手ごろなのを見つけて、二十日から二人で行く予定だった。

真希の父親もその話はたびたび聞いていて、決まった時は喜んでくれたそうだ。

「まあ、父の物忘れがひどくなったと、母はこぼしてはいたんだけど、自分が家を空けるのが心配になったのでしょうね、二人で病院へ行ったんですって。

二時間くらい、いろんな検査をして、認知症の、初期ですって。」

紀子のびっくりしたようすに、真希は、笑顔をつくりながら話を続けた。

「今のとこ、日常生活は大丈夫なの。病気が進まないようにお薬飲んでるわ。

母には、私が父の面倒をみるから友達と行けばといったんだけど、母から反対に私に友

達と行ってきたらと言われているの。ちょうど、息子たちもスキーキャンプでいないものだから。紀ちゃんに、久しぶりに声をかけてみたらって、母の意見なの。」

「お母さんになんとか、行かせてあげたいのに、残念ね。」

紀子はお互いの家を行き来していた小学生のころを思い、心配してあげる両親もいない自分の孤独を感じた。

「旅行はキャンセルすればいいことだから。

それにしても、紀子、なんだか、違う。

颯爽と見えるって、おかしな言い方かな。

何があったの？

何かあったでしょ。」

紀子はまず、三谷と会ったことを真希に言わなければと思った。

流れにそって会社を辞めたことから話すべきかと、紀子はちょっと頭が混乱していた。

「結婚？」

真希が悪戯っぽい顔で紀子を覗き込んできた。

「ううん、違うわよ。

会社は辞めたの。

語学学校にでも行ってみようかと思って。」

「キャリアウーマンの道、まっしぐらってこと？

紀子、応援するわよ。」

真希は自分のイギリスでの体験を紀子に話し、学校の校長先生とも交流があるので紹介してあげると真剣に言ってくれた。

真希は結局、クリスマスマーケット巡りをキャンセルすることになった。

紀子は真希と話をしているうちに、ともかくイギリスの語学学校に行ってみる決心がついてきた。

真希は大げさすぎるくらい紀子の決断を喜んでくれた。

真希は結婚して子どもができてから十五年ちかく、ビルの一室を借りて英会話教室をやっている。

真希の話だと幼児から大人まで生徒は百人くらいいて、イギリスの語学学校には昨年は五人留学したそうだ。

中高生は、夏休みにアメリカ、カナダ、オーストラリアにホームステイをする子もいるので、真希は紀子に手伝ってほしいと言い出した。

イギリスの語学学校では生徒の休みには希望するツアーも快く組んでくれるそうだ。

「イギリスでは土日を利用してあちこち回るといいわよ。

イギリスの田舎はすべてに癒されるわね。

紀子ならピーターラビットに出くわすかもよ。」

真希は紀子の気持ちが揺らがないように興味をもたせようと、畳み掛けるようにあれこれ提案してきた。

三月には、大学生二人が一か月、主婦三人が二週間の語学研修の予定なので、その生徒たちの引率を紀子にしてほしいと真希は言う。

真希の迫力にぼんやりと聞いていた紀子は、びっくりして言った。

「そんなの、無茶すぎる。」

「大丈夫よ。ブリストル空港は小さくてわかりやすいし、そこからタクシーでそれぞれのホームステイ先に送ってもらえるから。」

紀子は真希に聞いてみたいことがたくさんあった。

それなのに目の前の真希に圧倒されてか、なにも浮かんでこなくて、ぽかんとしている自分に気が付いた。

(だから真希はずんずん前に進んでいけるのだわ。)

紀子は真希の顔をまじまじと眺めながら、いつの間にか納得していく自分もずっと昔から変わらない二人の関係だとちょっとおかしくもあった。

紀子はますます三谷との出会いを真希に言い出せなくなっていた。

あっと言う間に過ぎた三谷との再会であったが、かれこれ一時間、紀子は旧知の先輩と錯覚したかのようにしゃべっていた自分を振り返る。

イギリスの南部のほうは行ったことがなく、紀子の留学の話を楽しみにしているとも三谷は言った。

「偶然会ったの。」

と、真希に三谷のことをさらりと言えなかったことを、紀子は小骨が喉に刺さったように返す返す悔やんでいた。

エレン英会話

真希にせかされるまま週明けの月曜十時半、紀子はさっそく「エレン英会話」を訪れた。

駅から徒歩五分の住宅地をぬけた角地にある古い三階建ての小さなビルの二階に、「エレン英会話」の看板が見えた。

階段を上る紀子の足音に気が付いたらしく、真希が勢いよくドアーを開けた。

「紀子、ありがとう！　ようこそ！」

部屋に入ると中年の事務の女性と、真希から何度となく聞いていた、エレンがいた。

エレンは小柄で、肩の下まで伸びた髪はカールしてかなりのボリュームになっており、きりっとした顔はとても小さい。

紀子はエレンと初対面だったが、真希から話は聞いていたので旧友に出会った感じだった。

それにエレンの夫の祐介は真希と紀子が小学校五、六年のとき同じクラスだったのだ。

二人はアメリカの大学で知り合い、祐介は大学を卒業して日本でグラフィックデザイナーとして悪戦苦闘していた。

そんな祐介のもとに、親の反対を押し切って大きなスーツケースを両手に引きずりながらエレンが追いかけて来たらしい。

祐介の才能を誰よりも信じ、エレンは大手の会社の英会話教師に翻訳のバイトも入れながら二人の生活を支えていた。

ところが、エレンは会社の指導方針を忠実にやらないということで、収入源でもあった英会話教師を辞めざるをえなくなった。

真希は祐介からエレンの仕事の相談を持ちかけられた。

祐介はエレンの考え方をとても尊重していて、場所さがし、チラシ配布など積極的に関わって、真希をパートナーとして説得して英会話教室を立ち上げるに至ったのだ。

「エレン英会話」の看板を掲げて十年になる。

エレンは十一時から主婦六人のクラスがあるということで分厚い教材を抱えて、真希にかるく会釈して部屋を出て行った。

紀子は真希から聞いていたエレンとはちょっとちがった、シャイな可愛さと気品を感じた。

「エレンのクラス、賛否両論あるけれど、親子で強烈なファンも多いのよ。

たしかに、クラスの流れがよく考えられていて、しかも、子どもが興味をもつように教材の準備がすごいの。

ちょっとクラスはざわついている感じもあるけど、私は子どもたちが楽しく集中しているのに感心するわ。」

紀子は午後、エレンの幼児クラスを手伝ってみることになった。

小さな椅子に座った男の子二人、女の子三人の円のなかに、エレンは自分の椅子をもって加わった。

一人ひとりの子どもの名前を呼びかけながら挨拶を交わし、エレンは紙袋から絵本を取り出した。

「Dr. Seuss's ABC」の本は、暗記していて絵本を捲りながらも微笑みかけたり驚いたりと子どもから目をはなさないエレン。

子どもたちは絵本を覗き込んだり、指でさしたり、笑ったりしている。

読み終わると拍手する子もいるが、次のエレンの動作が気になるのかきょろきょろエレンを伺っている子もいる。

エレンは大きな紙袋に手を入れて大げさにがさがさと音をさせた。

子どもたちは興味津々。

袋の中には、アルファベットの絵本に出てくる動物や品物が見事な絵のお面になって入っている。

「BIG A little a What begins with A ?」

と、エレンが詠うように言えば、子どもたちは、

「Aunt Annie's alligator …… A …… a ……。」

と、絵本のフレーズを所々、はもったりしながら掛け合いのように進んでいく。

エレンはにこにこしながら、五人の子ども達の前に、五つの動物のお面を並べた。

紀子は鬼ごっこでも始めるのかなとながめていた。

子どもたちはじゃんけんをすることになり、静かにお話を聞いていた子と同じ子とは思えないにぎやかさになった。

じゃんけんに勝った順に好きなお面を選んだ子どもたちは、紀子に頭にかぶせてもらい、何が始まるかわからないレースを待ち構えている。

動物の特徴をカラフルに描き上げたそれぞれのお面は一層子どもたちを興奮させた。

エレンの教材創りにはかなり祐介のアイディアと制作が関わっているらしく、見事に子どもを魅き付ける。

ところが、五人の子どもたちはそのお面で目隠しをされ、椅子に座って小さなトレイを膝のうえに持たされた。

「今からおやつタイムです。

なにがでるかな?

どんなあじがするかな?」

エレンはさらりと英語と日本語で子どもたちに問いかけた。

子どもたちの期待を裏切らないように、まずはトレイにひと口サイズのチョコレートをおいていった。

子どもたちは、お面をつけた体を精一杯動かしながらチョコだ、あまい！　おいしい。もっとちょうだい、など口ぐちに叫んだ。

エレンは、レモン、塩昆布、ブラックチョコと次々にトレイへのせて子どもたちを盛り上げていった。

一人ずつ順番に感じた味を言葉や体で発表させ、英語でsweet , hot, sour, bitterであることを体感させ楽しませた。

絵本とお面からアルファベットを子どもたちに印象付け、目をつむって味わうというクイズ形式にして、味覚を英語と一致させる。

その年代の子どもの五感をうまく活かした指導法だ。

エレンのクラスに紀子は自分自身もすっかりはまり込んでいたことに気が付いた。

エレンのさり気なく、緻密に計算されたクラスは怖いくらいと、真希が話していたのを、紀子はわかる気がした。

エレンより一足早く事務室に戻ってきた紀子は、真希にそっと呟いた。

「エレンさんは女優みたい。」

「さすが、紀子、人間観察代理店さま。

私はまあ、今のとこは演技派女優でいてほしいかな？

金曜日はエレンと打ち合わせと雑談のディナーをするの。

今夜、紀子大丈夫？」

午後九時、三人は線路に沿った住宅街の緩い坂を五分ほど歩いた。

生垣に囲まれライトに照らし出された大きなジューンベリーを見上げると、まさに山裾の小さなレストランを連想させられる。

木造りのノブを引くとカウンター越しの店主と目があった。

「いらっしゃい。」

ぼそっと言うと何事もなかったかのように店主は下を向いてお寿司を握っている。

家族連れも多いのか子どものはしゃぐ声も聞こえ、店内はほぼ満席だった。

すぐに割烹着のおばさんがにこにこと真希に話しかけながら、奥のテーブルに案内した。

「キャロルは、今日は、パパと？」

向かい合せに座ったエレンに真希が聞いた。

「そう、キャロルのいちばん楽しい日。」

エレンの笑顔と口調が　紀子は妙に気になった。

エレン一家は祐介の実家の離れに暮らしている。

キャロルは三歳の女の子、来年幼稚園に入るのを楽しみにしている。

「祐介はキャロルをアメリカで育てたい。

私は日本の学校に行かせたい。」

エレンは笑いながら紀子を見た。

「祐介の仕事はどこにいてもできる。

祐介は、キャロルの幼稚園は私の実家に近いところに行かせたい。

でも私、日本でキャロルにとってもいい幼稚園、見つけてる。」

そう言い終わると、エレンは目を伏せしょんぼり肩を落とした。

エレンにとってかなり深刻な事態であることを感じた紀子は真希を見た。

「エレンの気持ちをしっかりと祐介に伝えて、二人でじっくり話し合うしかないわよね。

祐介、エレンの優しさに胡座をかいてるところがある気がする。

私と紀子で、祐介にお説教したいところだけど、事が重大すぎるでしょ。」

紀子は全身で頷いた。

「祐介、来月ニューヨークの友達と住むところをさがす。

キャロルと私は、日本にのこる。」

エレンの落ち着いた決心に、真希と紀子は言葉を失った。

エレンはちょっと寂しそうな様子を感じさせたが、笑顔を装って言った。

「祐介は、才能あるから、好きに生きた方がいい。」

旅立ちの一歩

紀子は三か月間の短期留学を決意してUKブリストル空港に降りた。

高台にある空港からは、四方が見渡せる。

紀子はスイスの方向をさがしてみた。

日本を出発する前日の日曜日、紀子はとても迷ったけれど、三谷が書いてくれた電話番号を回した。

電話口の三谷に紀子は安堵の気持ちとともに言葉がつまった。

「もしもし」を繰り返す三谷の声を耳にしながら、紀子は受話器をおくべきか考えてしまった。

紀子は長い時間が過ぎた気がした。

「急にお休みの日にすみません。

あのう、紀子です。」

「あっ、紀子さん。イギリスからですか?」

三谷の明るい響きに紀子の緊張感はとびさったはずなのに、

「明日、出発なんです……。」

なぜか心細そうな自分の声が聞こえる。

「きっと紀子さんの素晴らしい体験となりますよ。

楽しんできてください。

じつは僕、今日からヨーロッパ出張なんですよ。」

三谷は空港へ出かける寸前だった。

紀子は三谷との短い電話でのやりとりを、ブリストル空港の風に当たりながら何度も思いだしていた。

空港からタクシーで三十分、ホームステイ先のベリーとアローンの家に着いた。

リビングには黒に白のぶちのある、トムという大きな犬が寝そべっていた。

お互いの写真や家族構成などはメールで交換はしていたので、紀子はほっとした懐かしささえ感じた。

奥さんのベリーはまだ仕事から帰っていなかったが、アローンが紀子に用意された部屋へ案内してくれた。

ベッドには二匹のテディーベアが向かい合わせで寝かされていた。

時々、語学学校から頼まれた学生たちを受け入れるが、ベリーはそのつど楽しそうに部屋をアレンジすると、アローンが誇らしげに紀子に話した。

夜は紀子の好きな何種類かの豆とセロリ、ニンジン、などの野菜を煮込んだスープ、キングサーモンのバター焼き、チキン、フライドポテト、グリーンサラダがテーブルに並んだ。

アローンが白ワインを開けて、紀子に「ウエルカム!」、ベリーに「アイラブユー」と言いながら、そして自分になみなみと注いで三人は乾杯をした。

ベリーとアローンは結婚したころからの、いつかはブリストルに住みたいという夢がかない、家も町も友達も満足だと、二人は時々見つめ合いながら紀子に語った。

ブリストルはエイヴォン川の河口にあるヨーロッパの貿易港としてかつては富み栄えた町で、近代的なビルの間に由緒深い歴史を感じさせる建物がマッチして落ち着いた街並みが美しい。

アローンは、自分で撮った語学学校近くのクリフトンつり橋の写真を紀子に渡しながらとてもご機嫌だった。

毎日二人でワインを一本開けるそうだが、アローンはグラス一杯、後はベリーが十時くらいまでテレビを見ながら飲み干してしまうらしい。

ベリーは美味しいワインを求めて友達と食べ歩き、アローンは四~五人の昔からの友達とのゴルフがなによりの楽しみと言う。

紀子はグラス半分くらいのワインをなんとか飲んだが、顔がほてって眠り込むといけないと思い、食べ終わった食器を片づけて部屋に行った。

ほろ酔い加減の二人の自慢話は十四時間の長旅の紀子に心地よい眠りを誘ってくれた。

翌朝、紀子は目覚ましで六時に起きて部屋のブラインドを上げた。

飛び出したテラスには大きなウッドチェアが二脚並び、三段くらいの階段を下りると、芝生のなかに程よい間隔で四角い石が門まで続いている。

テラス近くにはバラやチューリップなどの花壇があり、その向こうは石畳をおおうように年輪を重ねた大きな木が何本となく枝を広げている。

紀子がキッチンに行くと、大きな体にモスグリーンの小花のワンピース、黒っぽいエプロン姿で、ベリーが大きなマグカップでコーヒーを飲んでいた。

キッチンカウンターには赤いかわいいリンゴとオレンジ、バナナが盛られた器とベリー手作りのスコーンがかごに並べられている。

「私、今日は仕事の日だから、ごゆっくり。」と、ベリーはコーヒーカップを片手にさっそうと出かけて行った。

どっしりした後ろ姿を見送りながらワインが回った昨夜のベリーが紀子にはとても可愛く思い出された。

ベリーが、学校へはバスでもいいし、徒歩で公園を突っ切っても十分ちょっとで行けるからと教えてくれた。

裏庭の木の向こうに見えるその大きな公園では、早朝とあって犬と輪投げをしたり走ったりでかなりの人出だ。

少し早めに家を出た紀子は手入れされた公園の芝生を横切りながら、思い描いていたようなイギリスの風景を楽しんだ。

語学学校の校舎は昔、貿易港として栄えたころの建物で、レンガの塀に囲まれた白い三階建てだった。

紀子は一階の事務室の奥でオリエンテーションとクラス分けのテストを終えると、次のクラスを担当する先生と二階の教室に行った。

スイスから二人、イタリア、スペイン、韓国、中国から一人、紀子が加わって女性七人のクラスだ。

「自分が一番年長かもしれない。」

と、紀子はちょっと緊張した。

その日の二次限目は文化や経済を通して英語を学ぶクラスだった。

自分の国から輸出している物など意見を出し合った。

紀子は日ごろあまり考えてもみなかったが、自動車、電化製品などあげた。

今年度のGNP（国民総生産）の一位はどの国かとの教師の質問にスイスの元気な女の子が、「ジャポン、ナンバーワン！」と紀子に向かって親指を立てて言った。

その女の子は二十歳、工場で二年間働いたが、自分の目標が見つかったので大学に行くための勉強をしているとのことだった。

ブリストルでの再会

午前九時から三時半まで、五人の教師による英語の授業は紀子にはかなり難しかったが妙な解放感があった。

夜九時紀子は宿題にとりかかった。

「自分についてＡ４一枚に英語で表現する」という大雑把な課題で、紀子は四、五行も書けば行き詰ってしまった。

「家族構成、一人ぼっち。性格は明るくもないけど暗くもなく、積極的でもないけど従順でもない……。」

紀子はぶつぶつ独り言を言ってみた。

母国語ですら明記できないことを、和英辞書を使いながらなんてどうしようと少し焦ってきた。

なにも浮かんでこない紀子はガラス格子の窓からぼんやり夜空を見ると、雲のかかったお月様と目が合った。

それは両手を揺らしながら月への渡り綱の上にいる紀子自身を連想させた。

会社を辞めた――その自分が遠くに思える。

そしてちょっとだけ誇らし気な自分を感じるのはなぜだろう。

「ノリコ、テレフォーン！」

アローンのノックで紀子はリビングへ急いだ。

「ジャパニーズ？」

と、アローンは名前が聞き取れなかったらしくちょっと首をかしげた。

三谷さん？　真希とはメールでやりとりしているし、まさかと思いつつ受話器を取り上げた紀子はとりあえず、

「ハロー。ディス　イズ　ノリコ」と、挨拶した。

三谷からだった。

ロンドンのホテルからだった。

紀子が日本語で話し始めると、アローンは座っていたロッキングチェアーをテレビの真正面に回した。

三日後の土曜日十一時、紀子はバースの駅で三谷と待ち合わせる約束をして電話を切っ

た。

出かける日の朝食後、アローンが地図をひろげて、バースの見どころ、散歩コース、レストランなどを紀子に詳しく教えてくれた。

ブリストルから電車で十五分、三谷とのさりげない会話が、次の行動を形作っていく。

三谷はいつの間にか紀子の心に眠っていたときめきを蘇らせた。

優しいアローンの心遣いが浮かんできたりと、思いめぐらしているうちに紀子はバースの駅に着いた。

周りにさえぎられることのない石造りの可愛いバーススパ駅は、意外にも人影が少なかった。

円形の大きなガラス窓から差し込む太陽に紀子は手をかざしながら、駅の出口に三谷を見つけた。

三谷は太陽に向かって観光案内書をめくっていた。

ちょうど待ち合わせの十一時、三谷はくるりと半回転して紀子と目が合った。

紀子は笑いながら言った。

「中学生の回れ右みたいにきちんとできましたよ。」

「紀子さんがこんなに近くに……。」

三谷は照れ笑いをした。

さっそく二人はこの地名の根源でもある「ローマン・バス・ミュージアム」に行ってみた。

そこは観光客であふれチケット売り場も長蛇の列だった。

紀子はアローンから聞いたばかりの散歩コースを思い出して、三谷を「ロイヤル・クレッセント」に誘った。

二十分ほど歩くと広大な緑の芝生の向こうに道路に沿うように緩やかにカーブした古い建物が見えてきた。

「クレッセントって、三日月のことなんですってね。そう言えばこの建物、道路に沿って三日月の形をしたきれいなカーブになってますよね。」

紀子はアローンが地図の端っこに描いた小さな三日月を三谷に指さした。

その建物の一つに内装がジョージ王朝時代の博物館があり、栄華の時代を偲ばせる。

「紀子さん素敵なところをご存じですね。」

三谷は部屋をゆっくりと見渡した。

「三谷さんの電話を継いでくれたアローンさんが、今朝ぎりぎりまで教えてくれたんです。

『ローマン・バス』についても名前の由来からはじまり、ローマ人は紀元一世紀にはこのあたりを憩の場として栄えさせたと自慢げに、もう電車乗り遅れそうで……。」

紀子の言葉にかぶせるように三谷はぼそっと言った。

「ああ、きっと紀子さんのことが心配なんですよ。」

紀子は何か自分が言おうとしていた、その言葉に三谷が呟いてきたかのように思えた。

二人は道路にそってかなり歩いているうちにエイヴォン川にかかっているパルトニー橋へでた。

所狭しと並んだお店、雑音を背に二人は川を行き来するヨットを眺めた。

紀子はなぜか、三谷との会話が弾んでいかない重苦しさを感じてきた。

紀子は三谷からの誘いを断ることなくここまできている自分を自覚した。

今までの自分を振り返れば、三谷ともいつのまにか消えていく関係なのかもしれないと思うと、紀子は何かが体から抜けていく寂しさを感じた。

出会う人に興味をもちながらも、自分という渦のなかから決して飛び出そうとしないかたくなな一面を紀子は振り払いたかった。

紀子は橋の欄干に添えた三谷の大きな手に目を向けた。

その手はなぜか力がはいっているように紀子には見えた。

「お腹もすきましたし、アローンさんが教えてくれた『サリー・ランズ・ハウス』に行ってみます？

とても古い建物で、できたての素朴なブリオッシュ風パンがいただけるみたいです。

ベリーさんの大好物みたいなのでお土産に買って帰りたいと思いまして。」

紀子は自分を元気づけるように三谷をしっかり見ながら言った。

二人は地図で確認してまた歩きはじめた。

「ちょっと自分のこと話していいですか？」

歩きながら三谷は紀子の方を見て尋ねた。

「はい！」

紀子は前方を見つめたまま答えた。

「僕は四十五歳です。

大学生の二人の子どもがいます。

妻は子どもたちが小学生のとき病気で亡くなりました。」

どこか棒読み風の三谷であったが、紀子はこの光景をいつのまにか想定していたかのような自分の落ち着きを感じた。

「そうでしたか。私と二歳しか違わないのに……尊敬します。」

紀子には三谷の張りつめていた肩がすとんと緩んだかに見えた。

「アローンさんに電話口で僕の名前を確認されまして、ちょっと緊張しました。」

「でも、アローンさんは、三谷さんの名前聞き取れてなかったみたいでしたけど。」

紀子は澄み切ったバースの空を見上げながらくすっと笑った。

「浴場跡もしっかりみないと、紀子さんアローンさんにたくさん感想聞かれそうですね。」

三谷が、「アローンさん」と言うたびになぜか紀子は三谷の顔を覗き込みたくなる自分がおかしかった。

三谷は昨年子どもたちが大学生となり家を出て暮らしていること、海外赴任もなんどかあったけどそれぞれの実家が近くで子どもたちはその都度自分の居場所を選択してきたのかなと、自分では思っていると紀子に話した。

紀子は前に踏み出す自分の一歩一歩を目で追いながらしばらくして言った。

「三谷さん、シェイクスピアって聞くと、なにを思います?」

三谷のあっけにとられた顔を見ながら、

「人間のもつあらゆる感情をそれぞれの人物に託してあんなに表現できるシェイクスピア。興味あります。」

ブリストルから日帰りできそうですし。今度「アポン・エイヴォン」のシェイクスピアの生家を訪ねてみたいと思っています。」

「僕、行ったことありますよ。

昔昔ですが。

今度レンタカーで行きましょう。

『コッツウォルズ』も、回れますよ。

紀子さん、きっと好きになると思います。」

その日、紀子は自分自身のことは何も三谷に告げることができなかったが、帰りの電車のなかで三谷から渡された宿泊先の電話番号を見つめていた。

パオラとイングランドの旅へ

語学学校で知り合ったイタリア出身のパオラは日本に興味があって、年齢も近いせいかお昼は必ず紀子に声をかけてきた。

昼食時には小太りの陽気なおじさんのライトバンが学校近くの空き地にやってくる。

そのおじさんは、パオラの番になると、「チャオ！」と、目をクルクルっと回して喜ばせ、紹介された紀子には、「こんにちは！」と流暢に挨拶してくれた。

パオラに誘われるままに紀子はチーズ、ハム、レタスとトマトなど好みのものをパンにはさんでもらった。

それから二人は学校の庭の空いたベンチに走る。

「グッジョブ！」

パオラの甲高い声につられて紀子もドスンと椅子に座りこんだ。

そして二人で顔を見合わせ笑った。

小麦色の肌の輝きと波打った多くて黒い髪、エネルギッシュで可愛くて小柄だが胸を張って歩くパオラの姿はあまりに堂々としていて、紀子には眩しすぎる時がある。

パオラはベネチアの観光課で働いている。

紀子に会えて日本語の勉強もやる気がでたと嬉しそうに話した。

一週間後、パオラはイタリアに帰るということで、紀子は旅行に誘われた。

「私がブリストルに来た理由は別にあるの。」

コーラのペットボトルを空に突き上げながら、パオラは続けた。

「ヒューゴは十年前、私の恋人だったの。

彼は大学生のとき、この町で暮らしていたから。」

「彼に……会えたの？」

すぐさま紀子はパオラの顔を覗き込みながら尋ねた。

小さく首をなんどか振りながら、

「ヒューゴとは二年で終わってしまったの。」

紀子はパオラのくっきりとした横顔を見つめてその未練っぽい一面に新たな魅力を感じた。

ヒューゴはブリストル大学三年生のとき、芸術祭で「ロミオとジュリエット」を演ずるようになった友達と、物語の舞台でもあるイタリアを訪れ、観光課で働いていたパオラと出会ったのだった。

ヒューゴは、ストラトフォード・アポン・エイボンの出身で、母親はシェイクスピア関連の博物館で働いていることもあり、文学にはとても詳しかった。

なんどかヒューゴは一人でベネチアにパオラに会いに行った。

パオラはヒューゴとイングランドの湖水地方を旅して、その時の思い出が違う自分を育ててくれたような気がしてやってきたと言う。

「ヒューゴにもう一度会いたい。

……彼が私に会いたいなら、きっと私のところに来たと思う。

彼はそんな性格。

でも、私の十年に彼の存在は誰よりも大きかった。

だから……ストラトフォード・アポン・エイボンに行きたい！」

ヒューゴの思い出を語るパオラのきらきらした黒い瞳に吸い込まれるように、紀子は小さな頷きを繰り返しながら聞いていた。


週末一泊二日で、紀子とパオラは車で湖水地方へ向かった。

車の運転手はパオラが語学学校の校長先生に頼んで紹介してもらった二十八歳のボブ。

ボブは観光ガイドの試験に合格してからの初仕事で、紀子とパオラに握手しながらなんどもサンキューを繰り返した。

笑ったり歌ったりとパオラとボブの英語の会話はにぎやかで、少々聞き取れない紀子も仲間にはいれた。

ウインダミアからフェリーでヒル・トップに渡ることになったが、湖水地方の道は狭く車は混んでいてほとんど進まない。

「ボブ、道、間違ってない？」

と、パオラは先ほどまでの明るさとは打って変わって真顔でボブを見た。

ボブはこれから向かうヒル・トップがあるニアソーリーの村で働いている母親に電話をいれた。

息子の初仕事を喜んでいる母親の声がパオラと紀子に聞こえる。

ボブはほとんど進まない車のハンドルに大きく開いた右手を軽くのせ、母親の絶え間ない質問に答えている。

なんとボブには八人も子どもがいるらしい。

パオラは両手をひろげ肩をすぼめて、紀子と目を合わせて大きな目をくりくりさせた。

ベアトリクス・ポター・ギャラリーへ向かう小道はなだらかな丘であたりは草花が芽を吹き時折冷たい風が頰を刺激して、紀子はどこかでスキップしていた幼いころの自分に戻った気がした。

ポターの足跡が、ポターの手に触れた草花が、ポターと語り合ったピーターラビットや小さな生き物たちの息吹が、およそ一世紀を経てもこの広大な大地から紀子に伝わってきた。

紀子ははじめて「ナショナルトラスト〔民間の自然文化保護協会〕」の偉大さを実感した。

パオラはヒューゴから教わったいろんな知識を思い出しながら紀子に伝えた。

紀子は思いっきり深呼吸をして空を見上げ、このひと時を感じられる自分の幸せに感謝した。

「まだまだ素敵なところがいっぱいあるよ。」

パオラは優しく紀子に耳打ちした。

ヒューゴの思い出をたどりながら何を思いどうしたいのだろう？　と紀子は気になるけれど、パオラにさらりと聞ける雰囲気ではなかった。

次に向かうロマン派詩人ワーズワースの住んでいた家、ダブ・コテージは特にヒューゴのお気に入りのエリアらしく、パオラは真面目に語りだした。

ウインダミア湖の北端にある小さな村、グラスミアの丘陵地帯にワーズワースの生家はあった。

その家は少しずつ形の異なる石がしっかりと積み重なってあたたかく、静かで青い湖水と優しい緑を見渡せた。

花壇を耕していた青年が、黄色い大きな水仙の花を紀子とパオラに一本ずつくれた。

パオラはお礼を言いながら、青年に握手をもとめて歌いだした。

March winds and April showers
Bring forth May flowers.

ヒューゴが小さいころ、お母さんが歌ってくれたマザーグースの一つらしい。

「寒くて長い冬がさると一斉に花盛りになる、ここにぴったりの詩ですね。」

と、パオラは青年に微笑みかけた。

どんよりと肌寒い夕暮れが迫り三人は小走りに車に乗り込んだ。

その夜は老夫婦の経営する赤い屋根が可愛いB&Bホテルに泊まった。

ベッドに横たわるや、パオラが、「ああ〜」と悲鳴のような声をだした。

紀子は飛び起きた。

薄明りのなかでパオラの様子をうかがった。

パオラは、「もう、決めたから大丈夫!」と、言った。

明日はいよいよヒューゴの生まれ故郷、ストラトフォード・アポン・エイボンに行くので、パオラはちょっとパニックになっていた。

ストラトフォード・アポン・エイボンはシェイクスピアの生家をはじめゆかりの建物の多い小さな町なので、ヒューゴの消息を探すことができるかも知れないと、パオラの心で眠っていた感情が騒いだようだった。

「ヒューゴと手をつないで歩いた熱い思い出とは、今回ここで出会えた優しい人々の笑顔と一緒に別れを告げたい。」

パオラのこの言葉が、ポエムのように紀子に伝わってきた。

翌朝、ボブの勧めで、セント・オスワルズ教会によった。

教会入口脇には二、三人も入ればいっぱいの、ジンジャー・ブレッドを買えるところがある。

小さな四角い棒状のクッキーはしょうがの香りがただよい、三人は口にほおばりながら教会の裏を歩いた。

ワーズワースとその親族の並んだ墓石に三人は両手を合わせて、パオラは「サンキュー」とささやくように言って小さく手をふりそこを後にした。

薄い紙袋にいれた出来立てのジンジャー・ブレッドのしょうがの甘い香りが締め切った車にしみ込む。

「ボブ、シェイクスピアのところとコッツウォルズ、どっちがお勧め?」

突然パオラが聞いた。

紀子はびっくりして、パオラを見た。

「ノリコは、どっちも?」

パオラは紀子の見開いた目に吸い込まれるように言った。

じつは昨夜遅く、紀子はホテルから三谷に電話をした。

紀子の珍道中の話に、三谷は相槌をいれながら楽しそうに聞いてくれるようすが伝わってきた。

「三谷さん、明日は行きたかった、ストラトフォード・アポン・エイボンに行く予定ですの。」

紀子は声を弾ませながら言った。

三谷の声が聞こえてこない紀子は一瞬あせった。

小さな声で「三谷さん?」と言ってみた。

「あっ、すみません……。」

少し間をおいて三谷は明るく言った。

「いや、僕、紀子さんと行けるのを楽しみにしていたものですから、ちょっと残念に思っただけです。」

紀子は三谷との約束を破ったわけではないなあと思いながら、

「ごめんなさい……三谷さん、明日、ストラトフォードに来れます?」

「行けますよ。」

三谷の少年のような即答が紀子の耳元に残っていた。

パオラは近くに住む幼なじみの男性からプロポーズされていることを、なんどか紀子に話していた。

自分の話が終わると、パオラは紀子の恋愛事情もしつこく聞いてきた。

紀子は三谷という知人が今ロンドンに仕事できていると、パオラには話していた。

紀子は三谷のサプライズにパオラが気を悪くすることはないと信じていた。

午後二時、三人はシェイクスピアの生家のところに着いた。

紀子は早速パオラの手を引いて、三谷から聞いていたシェイクスピア・センターの裏庭のベンチを探した。

ベージュのコートの襟をたてて単行本を読んでいる三谷を紀子はすぐに見つけた。

「あの人、紀子のロンドンの友達?」

と、パオラは満面の笑みで黒い大きな目をぱちぱちさせながら紀子の耳元に聞いてきた。

ボブも加わって四人の会話がにぎやかになり、パオラは見学どころかゆっくりお茶でもしたいと言い出した。

素朴なシェイクスピアの生家と、妻アン・ハザウェイの広い庭に可憐にたたずむ藁ぶき屋根の家を紀子の提案で訪れて、それから四人はコッツウォルズで夕食をすることになった。

「この辺を走った後は必ず洗車なんだ。」

と、夕暮れになったコッツウォルズへの田んぼ道をボブは車をとばしながら言った。

白鳥や鴨が浮かぶコルン川にかかった赤茶のゆるやかな丸みの橋のたもとで、男の子が上手に鱒釣りをしている。

四人はゆったりとあたりを楽しみながら橋を渡ってバイブリー・コート・ホテルに入った。

初対面に近い四人であったがコッツウォルズでの夕食は、紀子には旧知の友といるような心地よさだった。

ボブの奥さんは紀子と同じ年の四十三歳、来週はイタリアに帰るパオラ、ドイツへ赴任する三谷、帰りを待っててくれるホストファミリーを思う紀子、それぞれの門限を気遣いながらも話題は尽きなかった。

紀子はボブにステイ先の家まで送ってもらった。

夜十一時、明かりのついている玄関のドアーをアローンが開けてくれた。

「ノリコ、楽しめたか?」

目を合わせたアローンの優しい一言に紀子は体の血液がめぐりはじめたのを感じた。

そこへ、パオラから紀子に電話がはいった。

一緒に暮らしている母親が具合が悪いと連絡があり、急きょ荷物をまとめて朝を待っているると、パオラの心細そうな声は子どものようだった。

パオラは電話をきる直前にぽつりと言った。

「紀子は三谷さんと結婚する気がする。」と。

紀子が言えたのは、

「テイク　ケア。サンキュー」だけだった。

紀子は映画のスクリーンに突然取り込まれる自分を見てるような気がした。

いつもは何故か人の輪の中にいる自分が重苦しく、言葉を発するタイミングを探っている自分に紀子はその場から消えてしまいたいと思うことがよくある。

何事も一歩手前で立ち止まり、そしてなにもなかったかのように誰にも何も気づかれず次の日を迎えていた紀子。

母国語で話せない異国の地では、スタートラインが何本も引ける機会があるのかも知れないと、紀子は仕事を辞めてからを振り返ってみた。

紀子のこのわずか半年は、お気に入りの万華鏡をのぞいているかのようだった。

美しい景色に心をうばわれながらも、ついついそっとだけれど回してみたくなる万華鏡。するど、がらっと違った風景があらわれてくる。

出会う人たちからの刺激は紀子自身が意識しようとしない、開けることのなかった扉を揺さぶり始めた。

自分がどこに向かおうとしているのかわからないままでも、いざ飛び出してみれば、そこはそこで紀子の世界があるのだった。

人間関係も仕事も特にトラブルがあったわけではないのに、なぜそのまま歩き続けられなかったのか、自問してもはっきりと紀子には自答できない。

現時点の紀子はどこか自分に違和感をおぼえながらも、潜在していたエネルギーの鼓動がじわりと伝わってくるのを感じる。

それは、いつ、どこで、どのようにと手繰れない、紀子自身のなかで育まれていく不思議な未知だった。

ブルージュを歩くと

ブリストルでの三ケ月間の英語留学は、紀子の潜在意識の末端まで息を吹き込んでくれたようだ。

難しい勉強も新しい出会いも臆することなくやってこれてちがう自分を見つけた気がした。

帰国はベルギー経由で、紀子は小夜子と一緒というのはとても嬉しかった。

紀子はベルギー北西部にあるブルージュの小さなホテルの前にいた。

紀子の左手にはホテルの名前と建物全景のイラストが描かれたメモ用紙が握られている。

一日早くブリストルを発った小夜子と落ち合うホテルには、玄関脇の壁に伸びた蔦の葉っぱが本物そっくりに描かれていた。

紀子は十年前の小夜子がここに立ち寄った姿に思いをはせた。

小夜子はエレン英会話教室のトップクラスの生徒で、紀子は日本では直接話をしたことはなかった。

ブリストルに来てからも、少し離れた違うビルのクラスに通っている小夜子には、一度昼休みに挨拶に行ったくらいだった。

紀子が、ブルージュに行きたがっていることを知った小夜子は、紀子のステイ先に夕食後訪ねてきてくれた。

「私は、お勉強より、もう一度、ブルージュを歩いてみたかったのかも……。」

小夜子は紀子の部屋の窓際におかれた二匹のテディーベアに目を向けた。

一時間くらいのおしゃべりだったが、紀子は小夜子から漂う爽やかさの秘密を覗き見た気がした。

ブルージュにいる自分を思うとなぜか、頬が熱くなってくる。

紀子は分厚いガラスのドアを押してホテルに入った。

「三谷さん！」

紀子はスーツケースを放り投げて、三谷の胸に飛び込んでいく自分が一瞬脳裏に浮かんで目を大きく見開いて深呼吸をした。

三谷と目が合った紀子はとびっきりの笑顔をつくろうとして口がこわばった。

三谷はホテルの入り口が見えやすいラウンジでコーヒーを飲んでいた。

「お会いできてよかった！」

三谷は満面の笑顔をたたえながらゆっくりした歩調で紀子に近づいてきた。

「フロントに荷物預けてきますね！」

三谷の視線をそらすように紀子はするりとスーツケースを勢いよく回転させてフロントへ向かった。

フロントで渡された茶封筒には、ブルージュの観光案内書と小夜子からの手紙が入っていた。

紀子は小夜子の手紙に急いで目をとおした。

手続きをすませた紀子は落ち着きをとりもどしてきた自分を感じた。

三谷の隣の椅子に座って紀子もコーヒーをたのんだ。

「やあ……ほんとにお会いできるなんて、うれしいです！」

三谷はカウンターの奥を見つめたまま、頷きながら言った。

三谷の素直な喜びが紀子は嬉しかった。

紀子は椅子をつま先で少し回転させながら三谷の横顔を覗いた。

「私も、ここでお会いできるとは……。

でも、電話くださったとき、三谷さん、ホテルの名前を聞かれたので、もしやと思いながら、お忙しいのにありがとうございます。」

紀子はコーヒーカップをほんの少しばかり三谷の方に摺り寄せた。

三谷は飲みかけのコーヒーカップを紀子のカップに軽くタッチさせた。

三谷の優しい眼差しに紀子の呼吸は一瞬止まったかのようだった。

あわてて紀子は小夜子の手紙を読み直し始めた。

「小夜子さんね、公立高校の英語の先生で前にも、ブリストルの語学学校で一か月勉強に来たことがあるんですって。」

紀子は三谷とは全く面識のない、小夜子の話ばかりする自分に違和感を感じながらも続けた。

「小夜子さん、昨日は十年前、ブリュッセルからブルージュへの電車で出会った子どもたちの一人が英語の先生になってたそうで、その学校に招待されたみたい。」

小夜子は口数も少なく着飾ったりもなくほとんど素顔にちかいけれど、透き通った肌と奥深い黒い瞳からあふれ落ちる涙が紀子に焼き付いてしまっていた。

「小夜子さん、ほんとに素敵な女性！」

紀子は小夜子の手紙に語りかけるようにバッグにしまった。

三谷とまずはブルージュの中心、グラン・プラスへ歩いた。

道路沿いからは運河巡りの船が行き交い、観光客が手を振る笑顔も見える。

広場の東側のネオゴシック様式の州庁舎は十四世紀ごろは 政治、経済、社会活動の拠点であったことが伺える。

北西側にはおしゃれな切り妻屋根のカフェレストラン、お土産屋がぎっしりと並んでいる。

中でも南側にそびえる鐘楼が目をひく。

「高さ八十三メートル、階段三百六十六段のあの塔に上ってみますか？」

紀子はパンフレットを見ながら、三谷を振り返った。

観光客を乗せた四輪馬車が二人の間を横切って行く。

三谷は紀子の横に並んだ。

「夕べは紀子さんに電話しようかとずいぶん悩みましたが……」

紀子は「ふふっ」と笑ってしまった。

「アローンさんが怖かった？」

三谷の顔を覗き込み紀子は話し続けた。

「アローンさんとベリーさんに書いたお礼の手紙をベッドにおいて、スーツケースを引きながら廊下に出ますと、庭に面したテラスで犬のトム君も一緒に私を待ってくれていました。

いつも話しかけてくれるアローンさんなのに、笑顔の沈黙がちょっと苦しかったです。」

快い人ごみが時々三谷との間にはいりこんで、紀子にとってはしゃべりやすい雰囲気をつくってくれた。

「アローンさんと話していたら、
塀の向こうの公園にピンク色の移動サーカス小屋が見えたの。

『サーカス、見て帰りたかったなぁ。』

と、私が言ったんです。

『そうだ！　三人でサーカスを見よう！

紀子はもう一晩泊まっていきなさい。』

アローンさんの真顔に三人は大笑いでした……。」

紀子は三谷の視線を感じていた。

紀子は三谷を見上げた。

三谷と目が合った紀子は、

「さあ！　急ぎましょ。」

と、三谷の右手を軽くつかんだ。

三谷がしっかりと手を繋いでくれたのが紀子には嬉しかった。

二人は階段を上り始めた。

らせん状になった石の階段は思いのほか狭くうす暗かったが、すれ違う異国の人たちと目を合わせたり、微笑んだり、時に立ち止まりながらも上っていった。

薄暗い鐘楼のなかに、紀子は十年前の小夜子がひたすらにこの階段を上ったであろう様子を思い浮かべていた。

小夜子に抱っこされた三歳の坊やとの写真、坊やのパパ、そして、坊やの面倒を一手に引き受けていたという義母、会ったこともないのに映画のスクリーンのように紀子の脳裏に映し出される。

小夜子から鐘楼の階段を上り始めたら涙がとめどなく流れてきたと聞いていたからだろうか。

紀子はこの限られた空間を訪れた数えきれない人たちの紆余曲折の不思議な空気を感じていた。

カリヨン（組み鐘）の音色が聞こえてきた。

紀子は我に返って後ろの三谷を振り返った。

「大丈夫？」

三谷はあわてて両手を広げ　紀子を支えようとした。

三谷はどんなことを思いながら上ってきたのだろう。

紀子にはさり気なく尋ねられない、小夜子のおもりのようなものがあった。

「カリヨン奏者は二万七千キログラムもある四十七個の鐘を動かす鍵盤を使ってこの透き通った音色を奏でるんですって。

この塔が建てられた十四、五世紀ごろから続いているってこと？」

紀子はパンフレットを覗き見しながら三谷に話しかけた。

この塔のてっぺんから、響き渡る音色がいろんな時代の人々の心を癒し続けている……。

上りきったところからの見晴らしは、ブルージュが一望でき、フランドル地方ののどかな平原がなにもかも救ってくれるようだ。

「これからの自分を見つめて生きていくしかない！」

と、小夜子の心の息吹が紀子に聞こえてくる気がした。

「小夜子さんね、十年前、三歳の息子さんをおいて家を飛び出したんですって。」

突然の紀子の言葉に、三谷は驚いて紀子を見た。

三谷には息子と引き裂かれたつらさと戦っている小夜子のことを話していないのに、紀子は小夜子の話をせずにはおれなかった。

「すごいの。小夜子さん、これから新しい仕事に挑戦するのよ。」

小夜子のことを生き生きと話す紀子に時々目をむけながら、三谷はだまって聞いていた。

「小夜子さん、強い女性ですね。」

三谷がぼそっと言った。

「ええっ?」

鐘楼の上から眺めるブルージュのパノラマは、紀子の心を研ぎ澄ましていた。

三谷もまた、壮大な自然に酔いしれていたかもしれない。

紀子は三谷の後ろから、階段を下りる二人の足音を聞いていた。

紀子は鐘楼の最後の階段でちょっと立ち止まった。

「小夜子さんは、強い女性?」

三谷の一言が紀子の耳元に残る。

三谷の差し伸べてくれた手の温もりは感じたが言葉には出せなかった。

「紀子さん、今日は、飛行機に電車に階段と、疲れたでしょ。」

三谷は時計を覗き込んだ。

「素晴らしい景色をありがとう!

気をつけて帰ってください。

じゃあ、また！」

三谷が勢いよく出した右手につられるように、紀子はあわてて握手した。

三谷を見上げた紀子は、時計を気にする姿に時間をやりくりして見送りにきてくれた感謝を言わず仕舞いにしてしまった。

駅の人込みの中に足早に去って行く三谷の後ろ姿を追いながら、紀子は一人ぼっちにされたような寂しさを感じた。

三谷が紀子を振り返るのを待っている自分がいた。

紀子はその場に立ったまま人込みの渦にゆさぶられながら鐘楼を見上げた。

二人で手を重ねて聞いたカリヨンの音色の響きに、限られた時間をやりくりして駆け付けてくれた三谷の心遣いが胸を熱くした。


（ありがとう！　どうして素直にこの言葉で三谷を見送れなかったのだろう……。）

三谷の優しさを察しようとしなかった自分が情けなかった。

ブルージュという、紀子にとってはおとぎ話の絵本のなかに舞い降りてみると、今までに経験したことのない自分に向き合った不思議感があった。

今まで一緒にいた三谷が遠くに走り去っていく喪失感に襲われた。

紀子のお喋りを時々頷き、時に目を丸くして聞いてくれる三谷、また会えるだろうか……。

ふと、小夜子のアルバムから見せてもらった優しい秋の紅葉にたたずむ「ペギン会修道院」が気になった。

紀子は急いでパンフレットを開いた。

閉館まで一時間、紀子は走った。

教会の庭は葉っぱの落ちた木々の間に元気いっぱいの水仙の花があちらこちらに咲いて、神聖な場所を品良く和らげていた。

十五世紀そのままの修道服姿の修道女が二人、立ち止まって話している。

紀子は中学生の時、憧れの英語の先生を突如見かけなくなって、しばらくして修道女になったことを知り衝撃を受けたことを思いだしていた。

十年前、小夜子がカメラを構えた場所を紀子は見つけてかけよった。

そこはペギン修道院に沿って流れる運河にかかる橋の下で、数羽の白鳥親子が泳いでいた。そこに、日々坊やを思う母としての小夜子の姿を、紀子は鮮明に見た気がした。

夜空を見上げると青紫のなかにあふれる星座たち、紀子は北斗七星を見つけた。

北斗七星の柄のところをカーブしていくとオレンジ色に輝く牛飼い座のアークトゥルスとその先のおとめ座のスピカが見える。

二つの星は、春の夫婦星と呼ばれている。

「お母さん！」

星座たちのなかに突如紀子は母の笑顔を見つけた。

「お母さん、ありがとう！」

紀子が、そのままの気持ちを言葉に出して、母に伝えることが出来た一瞬だった。

和服姿で真っ直ぐな黒髪を左右からふっくらと曲げこんだような髪型で、首をちょっと右に傾けた、いつもの母だった。

――――――――幸せ探し

三か月ぶりに自宅の玄関の鍵を回した紀子は、「カシャ」という音の響きに緊張した。

人の気配を感じない家、ブリストルは紀子にとっては何年も住み続けていた安堵の場所だった気がした。

水道の蛇口をひねってしばらくほとばしる水滴に目をやっていた紀子は電話のベルに気づいた。

「おかえりっ！　の・り・こ！

小夜子さんから電話があったので、そろそろ紀子も到着かなと思って。

聞きたいことがいっぱい、それと、お願いしたい、いえいえ、助けてほしいことがあるの。明日のお昼十二時くらいに車で寄るわね。

お疲れのところをごめんなさい。

お休みなさい。」

真希の電話が切れた。

翌日、紀子と真希は小夜子が意を決して買ったマンションを訪れた。

七階の窓から見えるこんもりとした緑の森に感激した紀子と真希に小夜子はずっと笑顔だった。

「あそこ大きなお寺なのよ。

時々、お寺のなかの小道を通って帰ったりするの。

まるまると太った猫ちゃんたちにも出会えるし。

前の道路は車の通りがはげしいけれど駅に近いし、ここ、気に入ってるの。」

小夜子のしゃべる横顔に紀子は見惚れながら独り言のように言った。

「小夜子さんて、心があふれる時がよくわかります。」

流れ落ちる涙をぬぐおうともしないで、紀子に坊やの写真を見せてくれた小夜子さん。

初めてブルッセルを訪れた時に、通学帰りの電車のなかで小夜子さんが話しかけた子どもたちは、

「日本はとても遠いので行かないと思う。」

と答えていたという。

その一人の子が十年後再会したら英語の先生になっていた。

小夜子さんは、会うことのできない自分の息子の成長と重なって、喜びもひとしおだったにちがいない。

紀子は小夜子が言ったように、片時も忘れない坊やの面影を何かにつけて探し求めていたのかも知れないと思った。

ブルージュの「国際レース展」で話しかけられたオランダの宗教学者が、来年日本に来ると小夜子は嬉しそうに真希と紀子に告げた。

「その人とは、母がレース編みの襟を私の服につけるのが趣味で、それだけの理由で覗いたところで知り合ったんです。

ベルギーの歴史を楽しく教えてくれて、でも今度来るまで一度も連絡したことはなかったの。」

小夜子の秘めたる魅力に接した紀子は、自分の感情に素直になれている心地よさを体感できた気がした。

「ありがとう！　真希さん。

今回のブリストルは、優柔不断な私に、行動力と勇気と自信をくれました。

紀子さんにも、突然息子の話をしたりして……びっくりしたでしょう?

日本ではありえない自分が堂々と人の迷惑もお構いなしでと、今は思いますが、たくさん救われたことに感謝しています。」

小夜子は真希と紀子に頭を下げた。

紀子は真希に言いそびれながら今にいたった三谷のことが頭からはなれない。

「骨董市の出店で食べた、ワッフル、おいしかったです。

小夜子さん、ご馳走様でした！」

紀子は小夜子に深々と頭を下げた。

「紀子、ベルギーダイヤモンドの指輪でも買ってくるかなと期待してたのに。」

真希の思いもよらない言葉に紀子は一瞬ドキッとしてしまった。

キッチンに向かう小夜子に、

「大忙しの小夜子さんだけど、これからも顔出してね！」

真希が呼びかけた。

大きく頷く小夜子の後ろ姿は紀子に眩しいくらい魅力的に映った。

「ところで、紀子はブリストルを後悔？　じゃないわよね。」

自信たっぷりの真希に覗き込まれた紀子はどぎまぎしながら、

「三谷さんて、覚えてる？」

紀子は真希の目をしっかり見ながら聞いた。

「ううん。」

真希はあっさりと首をふった。

「そうだよね。

十年以上前のことだし……。」

「あっ、もしかして、ニュルンベルク？

まさか彼と……。

紀子、こわいよ！

ブリストルで会ったの？」

真希は瞬きを繰り返しながら、

「ごめんなさい。

紀子は羨ましいくらい、いつも落ち着いて何事も早まらない。

だから、こわいのよ。」

紀子が言おうとすると、真希はあれこれと話し出す。

紀子も言いそびれてきただけに、三谷の何から話していけば真希を安心させられるのかわからなくなっていた。

「三谷さんとはなんでもないのよ！」

紀子にはそう言い切ってしまえない自分があった。

「確かあの時、彼、お子さんか奥さんの話してなかった？

離婚しているの？」

矢継ぎ早に真希の空想がふくらんでいく。

「紀子さん、ブルージュに駆け付けて来てくださったお友達のこと？」

小夜子が流れを変えてくれた。

「そうなんです。」

紀子と小夜子の笑顔に真希は少し落ち着きをとりもどしたかのようだった。

本屋での三谷との再会からの経緯を紀子から聞いた真希は、

「今までに見せたことのない紀子だわ。

心が通い始めている。

紀子にしてはすごい行動力！

……三谷さんは感じのいい人だったわ。

お子さんたちが成人しているとはいえ……。

でも、紀子の三谷さんに対する気持ちは、それだけ紀子を動かしているんですものね。」

紀子を誰よりもよく知っている真希は、手放しで応援できていない自分をもどかしく
思っているようだった。

「羨ましいです！

お二人の友情が……。」

小夜子は二人を交互に見ながら、

「紀子さんに幸あれ！」

と、拍手した。

「紀子には何回かおせっかいしたけど、「恋」に発展しないの。自然消滅だよね。」

真希は紀子に笑いかけた。

「ごめん！」

紀子は真希に「コクン」と顎を下げた。

「私もですけど、私の母も真希のお母さんにとてもお世話になったんです。」

真希の気遣いもよくわかる紀子は小夜子の助け舟に気をよくして小夜子に話しかけた。

「小母さんは小父さんに守られたなかでは、とても可愛くて正直な女性だったわ。それにね、紀子のお母さん、紀子の席について授業を受けたりしたことが、何回かあったわね。」

「え、えっ？」

小夜子は急に話がとんでびっくりしたようだ。

「紀子のとこって、面白い親子なのよね。」

真希はにやにやしながら、目をくるくる回してお互いの中学生時代を思い出したようだ。

「紀子は風邪引いたり、お腹こわしたりと、結構学校休んでたの。多分、紀子が頼んでたんだと思うけど、紀子の机でノートとっているお母さんの姿、未だに覚えているよ。

普通の愛情越しているよね……。」

真希は続けて何か話そうとして急に口をつぐんだ。

「そういえば、真希、ブルージュの夜空で母の笑顔に出会ったの。キラキラ瞬く星座のなかに……。」

「ほらほら、いつの間にか紀子の世界に引きずり込まれてきたよ。」

真希は小夜子を諭すよう笑って言った。

「ところで紀子、三谷さん、ブルージュでは、なにか言いたいことがあって、あなたに会いに来たのではなかったの？」

「えっ？　そうかなあ……。」

紀子は真希の言葉を流しながらも、三谷との会話がかみ合わない自分に苛立ちを感じたのを思い出していた。

「結婚を前提にお付き合いしてください！　とか……。

そんな感じは？

まあ、紀子らしいデートだったかも知れないけど。

紀子は早まることはないから安心と言う長所と『そうだったの？』みたいな短所を常に

共有しているのよ。

そんな性格の紀子が私はずっと羨ましかったけど。」

紀子には真希の心配ともどかしさが痛いほど伝わってきた。

「結婚……。」

紀子は心で呟いてみた。

高校時代、ホームステイでお世話になった、ローラとジムに紀子は両親と通ずる夫婦としての懐かしさがある。

ふいと三か月も飛び込んだブリストルのアローンとベリーの家庭、七十過ぎた二人の世界は紀子には、心を許した男性と女性が共に暮らしている安堵感があった。

母が浮かんだ。

家庭というある意味隔離された中で、織りなす夫婦であり、親子である繋がりの蓄積は、時には解けない糸の絡みとなることは誰も予測できないし、考えたくない。

母はきっと、常に自分なりに極限の愛情を家族の一人ひとりに注いでいたのだろうと紀子は思い始めてきた。

――これから……


「これからどうなっていくのだろう？」

紀子は他人事のように自分を見つめていた。

結婚、離婚、子どもとの別れを心の奥底に仕舞い込んで、いとも爽やかに仕事に打ち込む小夜子が浮かんできた。

いったん理性を失うようなことがあってもどん底の自分に追い込まれても、その先も生きていかなければならなかった小夜子。

小夜子はそのことがあってさらに美しくなったような気がする。

三谷は紀子の話を聞いて、

「小夜子さんは強い女性ですね。」

と言った。

自分でもよくわからないが、紀子は初めて三谷の言葉に反発したくなった。

小夜子と話したことのない三谷は、他に言いようがなかったのかも知れないと思いながらも紀子の心に今もその言葉が聞こえてくることがある。

「お母さんは、強い女性と思いますよ。」

紀子は母の親友の言葉を思い出す。

兄の家族と同居し、待望の元気な孫の泣き声がひびく暮らしは、母の夢見た幸せだったようだ。


新嫁に母と呼ばれる幸せをかみしめて見つ責任重し

幾度ものぞき見るなり孫の顔幸せ願いて〇〇と名づけり

男の子用の名前の候補が三つ並んで書かれていた。

無造作にひろげられていた母の手帳に走り書きした短歌を紀子は見たことがあった。

母の笑顔を喜び感謝できない疎ましさを感じながらも、紀子はそれ以上に手をさしのべられなかった自分が重い。

田舎の古くて広い家で一人ぼっちになった母は家を離れようとしなかった。

家族と親戚以外の場所にはなかなか出たがらなかった母は、父の一周忌を済ますとその家で自ら命を絶った。

母はかたくなに口を閉ざして誰にも何も助けを求めようとはしなかった。

父の庇護のもと、兄を溺愛した母は紀子には幸せにみえた。

三十代にして家族を亡くして一人になった紀子は、母の凄まじい家族への執着心が身体に覆いかぶさり夢のなかで払いのけている自分にうなされた時期があった。

ブルージュで三谷と別れた後、夜空に母の笑顔を見つけた時、紀子は、赤い毛糸で編み終わったセーターを着せてくれた母を思い出していた。

母は自分を追いかけてくれながら見守ってくれているのだろうか……。

母は家族の一人ひとりに真っ直ぐな愛情を注いだ。

父、兄、そして紀子自身も母の一途な愛に浸りきって暮らしてきた家族だった。

母のその愛の深さを傷つけないように、父と兄は気遣っていたのだろうか。

紀子は母の愛も、三谷への好意も、それぞれに出会った運命の道しるべとして受け入れられる喜びに感謝した。

紀子は三谷と付き合い始めて、自分の気持ちを素直に態度と言葉に出せる心地よさを知った。

ドイツにいる三谷からは毎週土曜か日曜には電話がかかってきた。八月には休みがとれそうなのでどこかで会いたいとも言った。

真希は言う。

「紀子は、人生経験豊富な三谷さんくらいの人が安心じゃない？」

最後になにが起こるかわからない人生、幸せを壊された母の心の叫び、幸せにしがみつこうとしていたころの母の血走った目、紀子に焼き付いた母の魂は自分のなかにも潜んでいる。

考えてもみなかった母の一面が、いつ自分に被さってくるのか予知できないけれど、確かに宿ってきている感覚を紀子は自覚することがある。

「私の最期も母と同じになる……。」

何重にもおおって、考えられる何種もの鍵をかけているのにふいと紀子のドアーをノックしようとする母の最期。

（三谷は私に、プロポーズするのだろうか？）

紀子は三谷からのその言葉を避けようとしながらも、求めている自分が浮き立つのを感じる。

真希からは、

「紀子の人生の大事なときだから、無理なお願いはできないけれど……。」

と、言いながら、夏休みに生徒のホームステイの引率でオーストラリアに行ってほしいと頼まれている。

「真希！　私ね、今年は流れに乗ってみることにしたわ！」

紀子の言葉に、

「アメイジング！」

真希は両手の拳をしっかりと握りしめ大きな目を見開いて紀子ににこっと笑いかけた。

「真希は私の人生を楽しんでいる？」

と思いながらも嫌な気持ちにはならなかった。

六月にはいり、バンクーバーの高校で音楽の先生をしている真希の友達のシーラがカナダからやってきた。

三度目の来日で片言の日本語だが堂々と話しかけてくる。

来年の夏休みに来日を希望している三人の高校生のための下見で、シーラは京都、広島、北海道を二週間の予定で回ってくる。

紀子は家庭と仕事の両立に懸命な真希の忙しさを思い、シーラを泊めることにした。

シーラの大好きな箱根で、紀子は真希に誘われて一泊二日の歓迎会をすることになった。

三人は真希の運転で出かけた。

「シーラが初めて来日した時は、家族で箱根神社と芦ノ湖遊覧をしたの。遊覧船の手すりにつかまって、風にあおられながら「ローレライ」を歌っているの。ドイツ語で。」

真希は後部座席の二人をミラーで覗きながら言った。

「そう、日本の山で何回か歌った。自然に歌いたくなるよ。

わたしのおじいさんとおばあさんはドイツ人。」

シーラは満面の笑みで車の揺れにのって紀子のほうに体ごと傾いてきた。

「シーラの希望で、今日は「箱根旧街道」を元箱根から甘酒茶屋まで約一キロ、石畳みを歩くのよ。」

「どんな歌が聞けるか、楽しみ！」

紀子は真希の言葉に乗ってシーラに拍手を向けた。

「箱根はね、百面相、わかる？」

シーラは紀子に尋ねた。

紀子はきょとんとした。

「何回も来たくなる。

美しい、かわいい、びっくり。

美味しい、気持ちいい温泉。

ダイナミック、富士山がよく見えるから．面白い、黒卵一個食べて七年生きる不思議、今日行くのは日本の懐かしいとこ、ね？」

紀子はシーラの快活さに圧倒されながら、彼女のそばにいる幸せを感じていた。

以前、真希は二人の子どもを連れて、シーラの家で過ごしたことがあるらしい。

彼女の十七歳の息子、ジョージはこの夏真希のところに一カ月間のホームステイを計画していた。

ところが、ミュージシャンの父親のライブに息子はついて回ることになり、シーラはとても残念がっていた。

厳しい顔のシーラの母親としての一面が、紀子をぴくっとさせた。

昨年のクリスマスにシーラは離婚して、ジョージと母子二人で暮らしていることもわかった。

ふっと紀子に三谷の顔が浮かんできた。

「シーラさんも強い女性ですね。」

と、三谷は言うだろうと思うと、紀子はちょっとおかしくなった。

繋がる想い

「今日って、何なの?」

紀子は木曜日の夜、なかなか寝付かれなかった。

仕事から帰ると、ポストにイタリアのパオラから手紙が届いていた。

その日の夜遅く、三谷から電話があった。

六月下旬、一週間ほど日本に帰ってくるというのだった。

今日にでも、決まったことだろうか?

紀子はいつになく三谷の高ぶった声と積極性に自分の鼓動が聞こえてくるようだった。

「土曜か、日曜日、一日空けて僕と付き合ってください。」

三谷との電話の余韻を感じながら、紀子はパオラからの手紙の最後の一行を思い浮かべていた。

「来年の秋、日本で、紀子と三谷に会うことが、一番の楽しみ！」

パオラの一見奔放な性格は、紀子に素直に受け止めることの自信を与えてくれた。

パオラは日本に来るにあたって、志賀直哉邸と武者小路実篤邸跡に行ってみたいと書いている。

彼女は日本に行ったことがある友達から手賀沼の湖畔で写っている志賀直哉、武者小路実篤など白樺派文人たち数人の集合写真のコピーを見せてもらっていた。

その友達はまだ英訳されていない志賀直哉の著作を翻訳したい夢をもっていて、パオラの訪日をとても楽しみにしているらしい。

パオラの手紙を読みながら、ふと気が付くと、紀子は三谷に思いをはせていた。

真希に言われたことがあるように、恋愛もだけれど、人に対してもどこか遠くで感じようとする自分があった。

「私って、臆病者？」

紀子は真希に問いかけると、

「きっと、そうだね。」

真希はきっぱりと言ったことがあった。

パオラと真希は紀子にとってはどこか似た香りを持っている。

紀子は二人にかき回される中で、三谷を思い詮索するこだわりが芽生えていく。

三谷は帰国したが、すぐに関西に仕事の関係で出かけた。

金曜日、紀子は早めに仕事を終えて、東京駅の新幹線のホームで三谷を待った。

二か月ぶりの再会に、紀子は三谷を見上げてしばらく言葉が出なかった。

二人は手を繋いでレストランへ入った。

三谷と向かい合って座った紀子は、いっぱい話したいことがあると思っていたのに、なにも浮かんでこない。

三谷はちょっとけげんそうな顔をした。

紀子は大きな目で、三谷をまじまじと見つめながらも言葉がでてこない。

三谷は少し微笑んで紀子に聞いた。

「ブリストルは楽しめましたか？」

「はい！

夢ですけれど、アローンさんとベリーさんとこから、ブリストル大学に通ってみたいです。」

紀子は自分でも思いがけない言葉を発してしまって頬を両手で挟んだ。

「それはすごい！　夢を語れるくらい充実してたんですね。紀子さんの夢を応援しますよ。」

紀子はこれも夢かと思うくらいびっくりして三谷の目を凝視した。

「具体的に考えているわけではないのに……。恥ずかしいです。」

紀子は肩をすぼめて笑ってその場をとりつくろった。

三谷の出発までの二人の予定を話し合っているうちに、紀子は会ったこともない彼の家族を思い描いてしまった。

彼の子ども達、そして今は亡き彼の奥さん、それに彼の両親までもが、すばやい速さで紀子の目の前を流れていく。

「火曜日、もしよければ、一緒に行ってほしいところがあります。」

紀子の突然の提案に三谷はとても驚いたようだった。

「紀子さんが目を輝かして行きたいとこって、どこ、なんだろう？」

三谷は自分なりに計画していたのだろうか、紀子はその戸惑いを察しながら、さらに続けて言った。

「三谷さん、絶対に当てられないと思います。まあ、ちょっとしたハイキングかな？」

紀子は首をちょっと傾げて三谷に笑顔を送った。

「ハイキング？　ですか……。」

三谷は少し前かがみに紀子をにらんで優しい笑顔になった。

「毎日でも紀子さんとお話ししていたいのに、僕のほうに何かと用事ができて……。今度は紀子さんがドイツに来てください。」

「はい！」

紀子の即答で二人は目を合わせ、三谷は大きく息を吸って、体をどんと椅子の背もたれにまかせた。

そんな三谷を見つめながら紀子は、あまりに明確な返答をした自分に照れ笑いをした。ニュルンベルクのクリスマスマーケットを三谷に寄り添って楽しむ自分を、頭のどこかでいつの間にか思い描いていた気がした。

明日土曜日は三谷に会えないけれど、日曜と月曜は夕食の約束をして、軽やかにでも力強い自分の足取りに気を良くしながら家路についた。

部屋のカレンダーの前を通るたびに紀子は過ぎていく日にちの数字と曜日の文字が目に

飛び込んでくる。

火曜日午前十時、紀子は柏駅で三谷の車に同乗し、三十分くらいで手賀沼に着いた。

空はどんより曇っていたが手賀大橋からは小波に揺れる青い水面が光って見える。

道の駅しょうなんに車を止めて、二人はレンタサイクルへ向かった。

自転車で五百メートルくらい進んだところで、ひょんこひょんことかなり大きな白い水鳥が土手から上がってきた。

「鴨だね。雄かな？」

三谷は自転車を止めた。

紀子も鴨の毛づくろいをしばらく眺めた。

水面から二、三メートルの葦の葉が生い茂り、釣り人たちの姿もあった。

サイクリングロードの反対側は田園が広がり、二人は前になり後になり風をきって自転車を走らせた。

「ハスの花を見るにはちょっと早いかもね。」

昨日真希は話していたが、紀子は三谷を先導してハスの群生地へ向かった。

濃い緑の視界が広がるなかに、ぽつぽつだがとがったピンクのハスの蕾が可愛い。

丸太の階段を下りていくとハスの間に木製の道が作られている。

まぢかに見るハスの葉っぱはとても大きい。

手すりに覆いかぶさった葉っぱに小さな水たまが光り揺れている。

二人は行き止まりまで歩いてから手すりに手をかけてしばらく無言だった。

「ハスを見ると祖父を思い出します。

祖父の自慢の池は、山の裾野に広がる棚田の一角にあってピンクや白の大きなハスの花がいっぱい咲いていました。

ハスの実も食べたことありますよ。

私、五、六歳だったと思いますが……。」

「いいなあ。その場所に行くと不意に思い出す人って、確かにいますね。」

三谷は緑の視界を見渡しながらさらりと言った。

「例えば三谷さんは？」

紀子は心で聞いてみた。

三谷はなにも言おうとしなかった。

「満月のお月様を見ると必ずその中に洋装姿の祖母がいるんです。」

紀子は一呼吸してから、

「ブルージュのベギン会修道院では母の笑顔が浮かんできました。嬉しかったです……。」

三谷はちらっと紀子の方に顔を向けたがすぐに遠くを仰いだ。

紀子には三谷の戸惑いがわかるような気がした。

三谷といると、紀子は自分だけの世界に入っていってしまう申し訳なさといつまでもしゃべっていたい心地よさとで揺れ動いた。


二人は自転車に乗って並んでまた走り出した。

「紀子さんの話をずっと聞いていたいです。

紀子さん、結婚してください！」

三谷の突然の大きな声、そして、それは、少年のような三谷だった。

紀子の掛け声で二人は無言で自転車をこぎ、自然の香りを全身に浴びながら、志賀直哉邸跡に着いた。

「よーい、どん！」

紀子は何か言いたいと言う思いがあるのだけれど言葉が出てこない。

何事もなかったようないつもの落ち着きを感じさせる三谷が紀子には眩しかった。

住宅街の緩やかな坂を歩いて階段を上ると突き当りに、木造平屋の切り妻造りの志賀直哉の書斎が残っている。

大正四年から十年近く志賀直哉は我孫子に住居を構え、「暗夜行路」の大半はこの書斎で執筆されたらしい。

「今は住宅が立ち並んでいるこの崖下の沼まで武者小路実篤やバーナード・リーチなど、多くの文化人がボートで行き来していたと聞きました。

和服姿にかんかん帽、のどかですよねぇ。」

紀子は集めたパンフレットを捲りながら、大正生まれの両親、明治時代の祖父母を思いだしていた。

「お腹すきましたけど、もう一か所だけいいですか？

パオラにも案内しようかなって……私のお気に入りのところです。」

紀子は三つ折りの小さなしおりを三谷に渡した。

「あっ、杉村廣太郎、明治から昭和にかけて活躍した有名なジャーナリストですよね。

先駆的な新聞記者であり、随筆、俳句と語学も堪能……昔ですが、新聞のコラムかなにかで読んだのかなあ？

人間としての幅の豊かさに憧れます。」

紀子は嬉しかった。

こんな三谷の饒舌は初めてで、安心と尊敬が紀子の胸を熱くした。

上り坂の細い道は住宅地の中で、三度目の紀子は少し迷いながらも、大きな木々が程よい空間を漂わせる杉村楚人冠庭園に着いた。

人気は全くなくて入っていいものかと覗き込んでいると、「どうぞ！」と声をかけられた。

二人は館長さんに記念館を案内してもらった。

広い廊下、建てつけの家具、茶室、書斎などそのままが維持されているのではないが、その時代の楚人冠に紀子はモダンとロマンを感じた。

この高台からの手賀沼全貌はさぞ雄大で楚人冠の心を安らげたであろう。

二人は館長さんにお礼を言って庭に出た。

「季節ごとに庭の趣もいいものですよ。

またいらしてください。」

「楚人冠さんは椿を沢山植えてますね。」

紀子は名札の付けられている椿を見渡しながら言った。

「椿は七十本くらいあります。

二月ごろは椿の花が色とりどりでまた違った庭を楽しめます。

寒くて私はちぢこまってますけど。」

館長さんは笑いながら中へ入って行った。

坂になっている庭を下ると露天風呂でも作ったような跡がありその斜め下には池がある。水路はすべて湧水からだと館長さんに聞いた。

葦、アジサイ、竹、蕗など数えきれない植物たちが混ざり合ってのどかな空間を守りぬいている。

紀子は池のそばにあるベンチに三谷の手をとって座った。

大きく息を吸って空を仰いだ紀子はそのまま押し黙ってしまった。

しばらく沈黙が続いた。

「大丈夫ですか？」

三谷は紀子を覗き込んだ。

「今から昔々のお話をしますね。」

紀子は子どもに絵本を読んであげるように、三谷におもむろにページを捲るしぐさをしてみせた。

「それは田舎に引っ越した時のことです。

父は自己流で庭を作りました。

裏庭には井戸を掘りました。

その水はとても冷たくて美味しかった。

広い縁側では、私は全力で回しながら蓄音機をかけ、父は自分で作った碁盤で親戚のおじさんとよく碁を打っていました。

そのうち、染物や編み物をする母のために、父はこつこつと四畳半の建て増しをしました……。」

紀子はちょっとつばをのんだ。

「父の一周忌を終えて、母は父の手作りの部屋で自ら命を絶ちました。」

紀子の話の展開にびっくりした三谷は、とっさに紀子を抱き寄せた。

三谷の胸の鼓動がしっかりと紀子に伝わってくる。

三谷の大きな両手が紀子の背中に優しいリズムのように響いてくる。

紀子はそのリズムのなかにしばらくの間目をつむって身をまかせた。

「びっくりさせてごめんなさい。」

紀子は三谷の腕から抜け出して、ぺこんと頭を下げた。

「母はちょっとですが、右に頭を傾ける癖がありました。

最近撮った自分の写真を見てそのポーズが母とそっくりで……。」

紀子には心の奥底に眠らせようとしていたわだかまりがあった。

三谷からは紀子の家族についてなにも聞かれたことはなかった。

三谷は紀子の肩を力強く引き寄せた。
アメンボだろうか、二人の目の前で池の水面がかすかに波打って、小さな輪が広がっていった。

おわり

永尾和子さんの作品について

作者とはご縁があり、これまで何作か作品を拝読しております。長い時間をかけて書き進められた作品はどれも、ご自身を見つめつつ、しかもそれを昇華させて小説へと発展させたものになっています。今回の本でも、紀子という主人公が、ふと立ち止まって自分の人生を見つめ直す過程が、丁寧に描かれています。

情景描写も見事です。実は私はこの作品を通して、ベルギーにブルージュというステキな街があることを知り、とうとう旅行に行ってしまいました。石畳の道、観光客を乗せて運河を進む船、高い塔のある教会、歴史ある修道院……。中世そのままの街に響くカリヨンの鐘の音は、雑念を払い、心を清めてくれました。きっと紀子と三谷の心にも響き、二人が新しい一歩を踏み出すきっかけを作ったのでしょう。

永尾さんが、この本をきっかけに、さらに活躍なさることを心からお祈りしております。

高橋うらら（作家）

あとがき

永尾　和子

五十五歳の私の誕生日、子ども達は自立して自分のことに忙しく、その日は何事もなかったかのようにすぎました。ぼうっと空を見上げていたいと思いました。

そのころ友人から、「語学研修をかねた三週間のヨーロッパの旅」に誘われました。いつも自分を優先すると愚痴をこぼす夫でしたが、なんとか家族のバランスは保てていたのでしょう。

ベルギー、ブルージュの鐘楼を上りきったところで、白髪のご老人がカリヨンを奏で始めました。そして、そこからの眺めは私には天空の世界でした。

旅は新しい場所での感激、思いがけない出逢い、そして家族の温もりも私に感じさせてくれました。

七十二歳で亡くなった母の年を越えた私は、母の遺稿が気になり始めました。

病弱な私の健康に必死の母に飲み込まれたような私は、母に反抗的な態度をとった覚えはありません。

ただ一度だけ、高校三年の三学期私は暫くの間登校拒否をしたことがあります。

私の志望大学の願書が提出されていなかったことがわかったときです。

旧制中学で父の後輩でもあった担任の先生が何度か家によってくれました。

二階に引きこもっていた私は、先生と両親の楽しそうな話し声を聞いていました。

暗雲とした私の高校時代、国語の先生が同人雑誌「山脈」に作品を投稿してくださっていました。子育てや仕事にあたふたの隙間風に、茶褐色化したその雑誌は陰になり日向になって私を支えてくれた気がします。

母との別れはあまりにも衝撃的であったのに、母の短歌と自伝は母の幸せな人生そのものでした。

母の遺稿にじっくり目をとおすことのできなかった私は、高橋うらら先生の教室で、その時の自分を自由に書いていくうちに、母への愛おしさが込み上げてきたように思いました。

高橋先生ありがとうございました。

穴倉に迷い込んだ私を根気強く導いてくださって形ある本にしてくださった、銀の鈴社様に心からお礼申しあげます。

永尾　和子

1940年　福岡生まれ
1958年　福岡県立築上西高卒業
1961年　八幡製鉄所病院高等看護学院卒業
1968年　玉川大学文学部教育学科（通信教育）修了
1969年～1971年　千葉県柏市立小学校教員
1973年～2013年　ネイティブと英会話教室を始める。アメリカ、カナダ、
オーストラリアへの留学生のサポート、引率に関わる。
2012年～　高橋うらら講師「童話&エッセイ教室」で受講中

マザーグースの詩は、下記を参照した。
『Poems and Nursery Rhymes』（ラボ教育センター）

NDC 913
神奈川　銀の鈴社　2016
128頁　18.8cm（カリヨンを聞くふたり　ゆれ動くアラフォーの心）

銀鈴叢書
2016年９月10日初版発行
本体2,000円＋税

カリヨンを聞くふたり
ゆれ動くアラフォーの心

著　　者　永尾和子©
発 行 者　柴崎聡・西野真由美
編集発行　㈱銀の鈴社　TEL 0467-61-1930　FAX 0467-61-1931
〒248-0005　神奈川県鎌倉市雪ノ下3-8-33
http://www.ginsuzu.com
E-mail info@ginsuzu.com

ISBN978-4-87786-516-0 C0093
落丁・乱丁本はお取り替え致します
印　刷　電算印刷
製　本　渋谷文泉閣